Finnlandwelten

Arno Beckmann

Finnlandwelten

Erzählungen

Bibliografische Information der Deutschen Nationalbibliothek:
Die Deutsche Nationalbibliothek verzeichnet diese Publikation in der
Deutschen Nationalbibliografie; detaillierte bibliografische Daten sind im
Internet über
<http://dnb.d-nb.de> abrufbar.

© 2007 Arno Beckmann
Lektorat, Satz, Umschlaggestaltung, Herstellung und Verlag: Books on
Demand GmbH, Norderstedt
ISBN: 978-3-8334-6828-5

Inhalt

Finnischkurs

Jens, ebenso Physikstudent und Oberhemdträger wie einsam, verliebte sich auf einer Semesterparty, ohne viel Federlesens und Hintergedanken, protonenschnell quasi, ohne Ratio, Kalkulation oder Berechnung, ja überhaupt gegen seine Natur, man könnte glatt sagen: Hals über Kopf, in Aamu aus Finnland, was total ärgerlich war. Ja, es war ärgerlich. Nicht, dass sie Finnin war oder Aamu hieß, nein, dafür konnte sie ja nichts, oder dass er sich in sie verliebte, Grundgütiger, nein, was gab's Besseres, gerade auf Partys, außerdem war sie ja auch sehr nett und sah obendrein noch gut aus, nein, aber das, was sich anschloss an dieses für einsame Physiker und Oberhemdträger eher seltene Ereignis, das, ja das war ärgerlich. Ärgerlich wie ein geplatzter Erlenmeierkolben, eine nicht sitzende Muffe oder ein misslungener Gravitationsversuch, ja ärgerlich wie das Leben selbst manchmal. Sie musste nämlich am nächsten Morgen, nebelschwadenfrüh obendrein, nach Finnland zurück. Auslandssemester zu Ende. Zack, aus. Einfach zu Ende. So ein Mist.

Ärgerlich war das Ganze aber auch für Aamu, das Nachhausemüssen. Und zwar gleich aus mehrerlei Gründen, ihr blieb nichts erspart: Erst mal hatte sie überhaupt keine Lust, aus Deutschland abzuhauen, weil sie fortgeschritten germanophil war, infiziert, germanophil genauer bis unter ihren blonden Haaransatz, bis auf ihre weiße Haut, bis auf die Knochen, zutiefst, innig, engagiert, kurz: sie mochte Deutschland halt. Darüber hinaus war die Abreisezeit ärgerlich, viel zu früh gewählt, das Ticket vor Monaten schon gebucht und damals nur attraktiv, weil es billig war und daher ein Muss für Studenten. Ein Problem, alt wie das Studieren selbst. Das allein wäre jedoch kein Problem gewesen, Aamu stand gerne früh auf, ihr Name bedeutete schließlich »der Morgen«, eine Verpflichtung geradezu zum fröhlichen Aus-dem-Bett-Hüpfen. Ärgerlich wurde alles jetzt nur, weil sie betrunken war, und zwar in demselben Maße etwa, wie sie germanophil war, bis unter ihren weizengelben, klammerfixierten Seitenscheitel nämlich. Warum sie betrunken war, wusste sie selbst nicht mehr, dafür war sie schon zu betrunken – vielleicht war es der Abschied aus Deutschland, der sie schmerzte, oder der Gedanke an die bei aller Morgenfreude doch sehr frühe Maschine, die sie über die Ostsee tragen würde, oder die nicht bestandene Abschlussklausur oder die fünfzehn Wodka, die sie sich ins Gesicht geworfen hatte. Wer wusste das schon? Aamu war das auch herzlich egal, zudem hielt sie es für ziemliche Zeitverschwendung, sich besoffen das Hirn darüber zu zermartern, warum man besoffen war. So was brachte nichts, man kriegte nur Kopfschmerzen davon. Und dann war da noch Jens. Ja, Jens. Jens, den sie selbst im pickelpräsentierenden Neonlicht des Partyraums süß fand, was, wie sie sich einzureden versuchte, nichts damit zu tun hatte, dass neben allerlei Abschiedsschmerz auch allerlei Wodka in ihrem Körper rumorte, nein, sondern damit, dass er nun mal einfach süß *war*, hicks, ja, ganz einfach süß. Süß oder »Gaaanz schwerrr süß« besser, wie sie bleizungig beharrte und ihm dabei mit dem Zeigefinger ihrer linken, wodkaglasfreien Hand neckisch in die karooberhemdgestraffte Brust piekte. Jens freute sich, so wie sich ein Physiker eben freuen konnte, und piekte zurück. Allgemeine, zuckersüße Verliebtheit also sowie ein sich in Aamus Blutbahnen bedrohlich formierender skandinavischer Monsterkater standen einer Abreise nach Nordland verbietend entgegen. Schwerwiegende Gründe somit. Es musste was passieren. Beide sahen sich erwartungsvoll an. Aamu blickte in bebrillte, Jens in stark erweiterte Pupillen, aber nichts geschah. Schließlich trat jemand, wahrscheinlich das Schicksal, auf den Plan, es stieg einfach aus den Weiten des Weltalls zum Partyraum hinab, drängelte sich durch die

Menschenmengen hindurch, sprach ein paar Worte mit den beiden und verschwand wieder, die Probleme verschwanden mit ihm, und zwar gleich alle auf einmal, das Schicksal hatte es eilig: eins löste konvulsivisches Übergeben vorm Wohnheim, sozusagen das orale Selbstentgiftungsprogramm des menschlichen Körpers oder kurz: Kotzen, Aamu war also wieder einigermaßen fit für die Reise, die andern, Trennung, Sehnsucht und so, kurz und entschlossen, Jens, als er zwei Wochen nach Aamu, das Problem ihrer Germanophilie pfiffig gleich in einem mitlösend, in Helsinki landete. Kaum da, brauten sich jedoch neue Unwetter zusammen. Dann wurde es regelrecht fies: Finnisch brach über ihn herein, mit grollendem Idiom und blitzenden Fragezeichen, tropflangen Vokalen und Stimmritzenverschlusslaut. Himmel, dachte er, schnell in einen Sprachkurs, hier holt man sich ja den Tod.

*

Zwei Wochen später stand er im Trockenen, vor ihm ein Pulk anderer Ausländer. Er fragte sich, wo die alle herkamen und ob die auch verliebt waren, möglich war ja alles. Und wie würde eigentlich unterrichtet, in welcher Sprache? Der Pulk war bunt. Englisch schied aus, das verstanden sicher nicht alle, Finnisch auch, ebendeshalb war man ja da, und die Sprache der Liebe fiel ebenso flach, obwohl die jeder verstand, wie man so sagte, na ja, Italiener vielleicht. Oder ging das etwa: Finnischlernen durch den Zauber der Liebe? Einfach so? Er stellte sich vor, wie sie sich alle an den Händen hielten, die Augen schlossen und ganz, ganz doll lieb hatten, dann sprang plötzlich einer auf und rief auf Finnisch, er könne Finnisch, aber keiner verstand ihn. Nee, so lernte man das nicht.
Aber vielleicht durch die Liebe einer Frau, so war das ur-

sprünglich auch wohl gedacht von diesen raffinierten, feurigen Italienern. Gut, dann konnte man nach drei Wochen nadelwaldweise wortwarmes, gedankenöliges Süßholz raspeln und reizabhängig finnische Kosenamen seibern, aber sonst nicht viel, sprachtechnisch intakt zumindest nicht. Man konnte zwar in birkenrauschenden himmelblauen Nächten drei, vier wundervoll falsche Sätze säuseln und damit Gänsehäute über grazile nordische Rücken jagen, aber keine finnischen Comics lesen, finnische Traktate oder die Zeitung und dabei die einzigartige Erfahrung machen, dass man Politiker, Hegel, Daniel Düsentrieb und Eishockeyspieler nicht nur in der eigenen Sprache nicht verstand, sondern auch in der finnischen nicht, oder, was weitaus schlimmer war, man konnte in der Kneipe kein Bier bestellen, jedenfalls nicht in ganzen, geschweige denn korrekten Sätzen, was, wenn man es genau betrachtete, in einem Pub geäußert auch weder besonders gut klingen würde noch überhaupt nötig wäre – Bier gab's hier schließlich auch durch das Ausstoßen von Knurr- und Grunzlauten –, aber andererseits unleugbare Vorteile verschuf, wenn man vor heimischem Besuch mit korrektem Rundenbestellen in der Landessprache herumprotzen wollte oder mit pedantischen finnischen Sprachfreaks saufen ging. Kurz, Grammatik war schon ganz okay, man musste nur aufpassen, wo und wie man sie einsetzte, sie war da etwas eigen, man konnte schnell übers Ziel hinausschießen. So war es nämlich Zeichen einer gewissen Uncoolheit, wenn man sich Frauen in der Disco mit aufgeschlagenem Wörterlexikon näherte und sie grammatisch korrekt zu Bier, Schnaps oder sich nach Hause einlud statt ganz normal mit heraushängender Zunge und blöden Sprüchen. Ersteres brachte vielleicht einen intellektuellen Erfolg, aber sonst eher wenig. Es war nicht lässig, es war nicht italienisch, es war nicht sexy. Lieben oder Lernen, am Ende war alles eine Frage des Beugens: Beugte man sich dem Eros, hatte man keine Zeit, Pronomen zu beugen, und beugte man sich über die Bücher, machten die Frauen einen Bogen um einen.

Jens betrat den Kursraum und setzte sich auf den aus unerklärlichen Gründen noch freien Platz neben Penelope Cruz aus Sevilla, einer melanomsonnigen Stadt im südlichsten Spanien, schon mehr Afrika, wie sie dunkel betonte. Sie und ihr finnischer Freund hatten sich auch während des Studiums getroffen und ähnliche Probleme mit demselben Ergebnis gelöst. Okay, eigentlich hieß sie gar nicht Penelope, schon gar nicht Penelope Cruz (sie sah nur ein bisschen so aus, fand Jens), auch nicht Maria Gonzales oder Maria Lopez oder Maria Cortez oder Maria de los Dolores Garcia Fernandez oder so, ja, noch nicht mal wenigstens Maria, sondern einfach nur Silvia und danach sogar noch enttäuschender, ihr Englisch war aber umwerfend, sie sprach wie ein kolumbianischer Guerillero, der mit übertriebenem Akzent ebensolche Lösegeldforderungen stellte. Dabei hing ein Kreuz vor ihrem 22 Pistepirkko-Shirt, in Einsamkeit, Ehrfurcht, Patronengröße und Silber, glaubzähmend gekettet und oft schwenkmüde und verdreht zwischen Schlüsselbein und Schulter. Ihr rabenschnabelschwarzes Haar klebte, zu einem Knoten dressiert, einer Art Nest, an Nacken und Hals und wurde von kirchturmspitzen Nadeln durchbohrt. Darüber hinaus trug sie eine Hornbrille – warum war unklar, eine Brille hätte es auch getan –, sodass man sich in ihrer Nähe eher bei Mess- oder Bußvorbereitungen wähnte als bei welchen für eine lateinamerikanische Entführung, aber vielleicht war das ja irgendwie auch dasselbe, ihrer entfernten Ähnlichkeit mit Penelope tat das jedenfalls keinen Abbruch. Vielleicht war sie eine im Dschungel von leninistisch-katholischen Voodoo-Nonnen oder Vogelfrauen erzogene Halbschwester von Penelope Cruz, dachte Jens, und die beiden wissen nichts voneinander, das Amazonas-Gebiet war ja weitgehend noch unerforscht.

Die Lehrerin, Frau Heimonen, eine freundliche fette Finnin

um die vierzig, betrat den Raum und sprach ohne Vorwarnung und Drumherum Finnisch, langsam und mit Betonung jedoch und einem Kehlkopfverschlusslaut zum Grippekriegen, jemand nieste vorn, Papiertaschentücher wurden gereicht: »Hyvää päivää teille kaikille ja tervetuloa suomen kielen kurssille!« Solche Sätze. Einfach so. Als wäre es nichts. Jens machte seine Strickjacke zu. Dann folgten Höflichkeiten, vermutlich, denn wissen konnte man es ja nicht, das Tuscheln versandete, einige Huster brandeten noch. Frau Heimonen hielt barmherzig inne, ging schweigend zum Pult und kramte eine Hand voll Kugelschreiber hervor, die sie zusammen mit Aktenordnern und Papierbögen an die Klasse verteilte. Auch dabei schwieg sie wichtig und ausdauernd.

Silvia war schon einige Zeit im Land und verstand die Sprache etwas, sie würde mit der Mutter ihres Freundes nur Finnisch sprechen, gestand sie, was aber, sie machte eine bescheiden-abfällige Handbewegung, oft nichts als ein Austausch von Lauten und Gebärden sei. Die Lehrerin, da sei sie sich aber sicher, habe nur die Klasse begrüßt, mehr nicht. Jens war beruhigt, er hatte befürchtet, sie sollten sich auf Finnisch vorstellen. Sprachkurse wimmelten ja vor Gemeinheiten.

Frau Heimonen strahlte in die Runde und forderte alle auf, sich auf Finnisch vorzustellen, sie wollte sehen, auf welchem Niveau man war. Silvia übersetzte ihr konsequent vorgetragenes Finnisch netterweise in Guerillero-Englisch. Jens hörte, wie die Käfigtür zufiel und das Schloss schnappte. Er fragte sich, was das Niveau von nichts war. Sicher, wenn man schlecht Finnisch sprach, hatte man ein schlechtes Niveau, aber man hatte wenigstens eins. Er hatte gar kein Niveau und da gab es keine Steigerung, jedenfalls nicht im Negativen. Man konnte nicht sagen: »Hey, ich spreche noch schlechter *nicht* Finnisch als du.« So ein Satz war vollkommen lächerlich.

»Sag ›Minä olen saksalainen‹, ›I'm German‹«, flüsterte Silvia, das reiche für den Anfang, alles Weitere werde sich finden. Mit Bestürzung sah Jens, dass bereits alle im Kurs ausgezeichnet Finnisch sprachen, denn die Lehrerin nickte immer zufrieden, wenn einer was sagte. Als er dran war, fuchtelte er abwehrend mit den Händen und machte verzweifelte, gutturale Laute, Frau Heimonen nickte begeistert und trat an den nächsten Tisch.

Dann wurden Lehrbücher verteilt, die den Titel »suomea suomeksi« (»Finnisch auf Finnisch«) trugen. Jens machte sich jetzt ernsthafte Sorgen. Vor ihm saß ein Serbe, Dragan, der das zu ahnen schien: »Alles halb so schlimm. Ich habe gehört, dass ihr auch Englisch sprecht, wir könnten uns zusammentun, das hier ist mein zweiter Finnischkurs.« Jens sah in Gedanken, einer Art seherischen Vision, wie Silvia und Dragan mit über dem Kopf zusammengeschlagenen Händen vor ihm knieten und flehten, er möge doch endlich, endlich begreifen, so schwer sei das doch nicht. Dann beugte er sich über ein Übungsheft und sagte etwas auf Finnisch, eine Antwort, unsicher, fast fragend, bittend, worauf sie wieder zu schreien begannen, sich die Ohren zuhielten und wild die Köpfe hin und her warfen. Jens beschloss, lieber allein zu lernen.

In der Pause gab's Kaffee und Pulla-Gebäck im Dachgeschoss, einer Art Besenkammer, Küche und Aufenthaltsraum in einem, hier saßen alle und plauderten in jeder, nur nicht der finnischen Sprache, wogegen Frau Heimonen sich aussprach, da, wie sie streng forderte, das frisch Erlernte immer und überall praktiziert werden müsse, nur so mache man Fortschritte. Sie begann, Regeln aufzustellen, und weihte den Eingang unten zur »suomen kielen raja«, einer »finnischen Sprachgrenze«, bei deren Überschreiten man seine Muttersprache angeblich automatisch vergaß, schwupp weg, und fortan nur noch Finnisch sprach, simsalabim, sie raunte von »spontaner Lingualamnesie«. Einige blickten sich nervös an. Aber das war unnötig, denn die Grenze schien durchlässig zu sein, jedenfalls bekam niemand Alzheimer, weder auf Kommando noch so, und Muttersprachen-Alzheimer schon gar nicht. Nach einer Woche sprach nicht nur niemand Finnisch, die Grenzgänger hatten sich auch noch organisiert, schulterklopfend zusammengefunden zu vier verschiedenen Sprachgruppen. Frau Heimonen baute die Sperre wieder ab.

Da waren zunächst die Russen, die größte Gruppe, sie unterhielten sich ausschließlich auf Russisch. Unter ihnen befand sich Sergej, ein lustiger Ex-Soldat aus Sibirien, der sich chamäleonhaft den finnischen Lebensgewohnheiten angepasst hatte: Er trug jeden Tag einen Trainingsanzug, manche argwöhnten, denselben, aber das war nur ein Gerücht, und ging zweimal die Woche in die Sauna, das war kein Gerücht, er lud die anderen immer dazu ein. Seine Frau Nina war immer an seiner Seite, auch in der Sauna, und passte auf, dass er nicht allzu finnisch wurde. Sie waren mit der ganzen Familie aus Omsk gekommen und lebten schon einige Jahre in Finnland.

Hinter ihnen saß der junge Alexej, der bei seinem finnischstämmigen Vater wohnte und auf seine Mutter aus St. Petersburg wartete. Er hatte es durch Berufung auf seine finnischen Wurzeln und einige komplizierte Kniffe verstanden, über Vyborg auszureisen und so der Einberufung zum russischen Armeedienst zu entgehen. Er war groß, wahnwitzig schlau und gewehrkolbenfest überzeugter Pazifist, eine Trias von Eigenschaften, deren Unwiderstehlichkeit bei Frauen ihm zwar bewusst war, die er aber nicht in der Lage war, umzusetzen, noch nicht, bis dahin wohnte er einfach weiter bei seinem Vater und wartete auf seine Mutter.

Dann gab es Dimitri, einen ehemaligen Kolchose-Traktoristen, Vitali, der mit Autos handelte, dies aber nie konkretisierte, und Wladimir, eigentlich Weißrusse aus Minsk, der dreieinhalb Minuten die Luft anhalten konnte.

Im hinteren Teil des Klassenraums saß für gewöhnlich Svetlana, die eine weitgehend unscharfe Biographie aufwies, deren Augen aber immer einen seltsamen Glanz bekamen, wenn es irgendwie um Waffen oder Militärisches ging. Neben ihr saß ein zweiter Sergej, der, in scharfem Gegensatz zum ersten und zu dessen noch schärferem Missfallen, jeden zweiten Tag, warum war ein Rätsel, es konnten Wetterzyklen sein, in schärferen Designerklamotten auftauchte und dadurch die Aufmerksamkeit von Katarina erregte, die Pubertät an sich, aber besonders die eigene, als Kunstprinzip begriff und Sergejs Signale jeweils am darauffolgenden Tag, jedem dritten also, mit immer neueren Variationen von Bekleidungsnegation beantwortete. Alle glotzten nervös, die Frauen eifer-, die Männer sehnsüchtig, außer Katja vielleicht, die Pubertät weder als Moderichtung noch Kunstprinzip begriff, sondern froh war, dass ihre zwanzig Jahre zurücklag.

Die zweitgrößte Gruppe bildeten die Vietnamesen, eigentlich gab es nur Vietnamesinnen, zu Beginn fiel es schwer, sie auseinander zu halten, da alle die gleiche Größe, Figur, Haarfarbe, Frisur und Freundlichkeit besaßen. Als Boatpeople waren ihre Eltern über drehbuchwürdige Wege nach Finnland gelangt, wo die Mädchen in einer Hybridenwelt aufwuchsen: In der häuslichen Wohnung war Vietnam, aber draußen lauerte Finnland, immer und überall, rund um die Uhr, an jeder Ecke, hinter jedem Busch, sogar nachts, kaum trat man aus der Tür, warf es sich auf einen und beeinflusste einen mit Rentier-Kultur und Dauerschweigen. Die Vietnamesen waren selten draußen, wahrscheinlich war Vietnam nicht so gefährlich.

Dann waren da die Arabischsprachigen: ein schnurrbärtiger Iraker, hoppla: »ein Iraker« einfach, das Wort »schnurrbärtig« in Kombination mit dem Wort »Iraker« war ja eigentlich ein Pleonasmus, eine sprachliche Überflüssigkeit, sozusagen eine Doppeltgemoppeltheit; ein Iraker war schließlich immer schnurrbärtig, das war so seine Art, so war er eben, der Iraker, immer und überall schnurrbärtig, wenn er nicht gerade Kleinkind war oder Bartausfall hatte, jeder wusste das, sagte jemand »ein Iraker«, dachte der andere sofort »Ah, du meinst: ein *schnurrbärtiger* Iraker, hihi, schon klar, schon klar«, ein Automatismus, das lief alles rein gedanklich ab, man musste die Schnurrbärtigkeit nicht noch extra erwähnen; so sagte ja auch niemand »ein *weißer* Schimmel«, sondern kurz und knapp, mit einem Augenzwinkern und einem Seitenknuffer, »ein Schimmel«, und zwar nicht weil das flippiger klang oder Slang war, nein, sondern weil er genau wusste, dass der *andere* wusste, dass ein Schimmel eben unaufhaltsam weiß war, ganzkörperweiß, und zwar seit frühester Jugend, praktisch seit Kindeshufen an, selbstverständlich, unumkehrbar, selbstredend; ja, so war das eben: der Schimmel war weiß, der Rappe schwarz, eine Leiche tot und ein Iraker schnurrbärtig, das war der Lauf der Welt, gut, aber Selbstverständlichkeiten bedurften ja, wie gesagt, keiner zusätzlichen Erwähnung, man überging sie einfach, guckte lächelnd in die Runde und alle nickten sich wissend zu, so sagte ja auch niemand extra »ein *schwuler* Frisör« oder »ein *korrupter* Politiker«, sondern einfach nur »ein Frisör« und »ein Politiker« und, zack, jeder wusste Bescheid, nun, ein Iraker also, Abdul, der Saddam Hussein pfiffigerweise schon in den Achtzigern abgehauen war, war im Kurs und Ibrahim, ein muskelbepackter Libanese, dessen Muskelbepacktheit im Gegensatz zu Abduls Schnurrbärtigkeit eine echte Besonderheit war, garantiert lief nicht jeder im Libanon so rum. Ibrahim hatte zwei Muttersprachen, neben der arabischen noch eine sprichwörtliche, von der frankophilen Mutter ererbte, Französisch also.

Zwar sprachen Silvia, Jens und Dragan Englisch nicht als Muttersprache, im Grunde nicht mal besonders gut, häufig sogar richtiggehend falsch, fast grotten-, ja bundeskanzlerschlecht, war man ehrlich, eigentlich gar nicht, sie sprachen nur ihre Muttersprache und motzten sie hier und da durch hippe englische Slangworte auf. Dennoch waren sie eine eigene Gruppe, eine Notgemeinschaft, eine Art sprachliche Selbsthilfegruppe.

Und dann waren da die Einsamen: Tamara aus Sri Lanka etwa, die nur Hindi sprach, oder Piet, ein schwarzer Südafrikaner, der neben seiner Stammessprache, lustigen Klicklauten, die irgendwo zwischen Kehlkopf und Blinddarm entstanden, noch Afrikaans sprach.

Auch Wang, eine dreißigjährige Chinesin, die aussah wie sechzehn, wirkte etwas verloren, was den Russinnen obszön vorkam: Warum war eine Frau, die die Attribute ewiger Jugend mit denen jahrzehntelanger ostasiatischer Erotikerfahrung in sich vereinte, sie hatten da sehr seltsame Vorstellungen, allein? Sie war ihnen ein Rätsel. Klar war nur, dass unklar war, aus welcher Stadt sie kam, Shanghai oder Kanton, und dass sich ihr finnischer Mann gerade von ihr hatte scheiden lassen. Er von *ihr*. Finnische Männer waren den Russinnen das allergrößte Rätsel.

Vor all diesen stand nun die Hohepriesterin Heimonen, im Gewand ihres Hosenanzugs, die Tafel wie einen geöffneten Altar im Rücken, und verkündete das Konzept des Finnisch-auf-Finnisch-Lernens, die neue Religion, auf Finnisch natürlich, die Gemeinde schwieg dazu andächtig. Sie schwieg und verstand wenig – einige dachten, der Kurs sei zu Ende, und wollten abhauen, andere stellten sich zum zweiten Mal vor –, aber das machte nichts, Frau Heimonen hatte Geduld, Engelsgeduld sozusagen, und gab der Herde Zeit, sich zu finden. Sie kannte das, ihr Erfahrungsschatz war ebenso umfassend wie zeitlos, vermutlich alterte sie genauso wenig wie Wang, ganze Stammbäume von Ausländern mussten durch ihr Trainingslager gegangen sein, über ihrem Kamin hing sicher ein Foto, auf dem sie einem schnurrbärtigen, muskelbepackten, pubertierenden, mit Klicklauten sprechenden Immigranten in Trainingsanzug, vielleicht ihrem zehntausendsten, ein Zertifikat überreichte, beide grinsten, Frau Heimonen satt, der Immigrant gequält und irgendwie hungrig.

Silvia raunte Jens zu, man bevorzuge dieses Prinzip, da es allen gerecht werde und gleichzeitig den Lernprozess fördere, mal davon abgesehen, dass es einem Vietnamesen ungleich schwerer fallen müsse, Finnisch zu lernen, als anderen – Finnisch sei mit Vietnamesisch etwa so verwandt wie Altbulgarisch mit Marsianisch –, das wären die Worte der Meisterin, des Orakels, der Prophezeiung und Amen. Die Priesterin schien das gehört zu haben, denn sie schwebte weihevoll, ihren Leitfaden zu einem Zauberstab gerollt, nach vorn und zog mit gelber Kreide, von der man erwartete, dass sie gleich anfing zu leuchten, einen endlosen waagerechten Strich an die Tafel. In der Mitte machte sie einen Punkt und schrieb »suomea«, »Finnisch«, daran, das war das Zentrum, die Sonne, die Wiege, der Ursprung von allem, die Sprachensprache, links und rechts, weit daneben, verstreute sie Spanisch, Englisch und Russisch, auch Hindi, um dann, noch weiter außen, in kühlen Außengalaxien, »Arabisch« und »Chinesisch« einzutragen. Dann drehte sie sich um, man erwartete eine Kniebeuge oder etwas Ähnliches, blickte entrückt ins Nichts, wandte sich hosenanzugrauschend wieder dem All zu und kritzelte in den letzten Winkel, dort, wo ranzige Milchstraßen geronnen, Kometen sich nicht hintrauten, schwarze Löcher gähnten, ohne sich den Mund zuzuhalten, dort, wo alle Hoffnung endete, »Vietnamesisch«.

Die Abgesandte hatte gesprochen oder besser: gezeichnet, so war es und so würde es immer sein: Finnisch war für alle sauschwer und für Vietnamesen sogar schlimmer. Die Gemeinde schwieg wieder, was blieb ihr auch anderes übrig? Die Vietnamesinnen wirkten bedrückt, einige malten den Strich ab, andere gingen in die Küche, vielleicht weinen. Piet schnippte aufgeregt mit dem Finger und wollte wissen, wo Afrikaans hinmüsse.

*

Fortschritte wurden gemacht. Am Ende der zweiten Woche waren sie in der Lage, eine größere Anzahl von Verben mit Substantiven zu verknüpfen, was heiter-informative Was-ich-so-tagsüber-mache-und-treibe-Sprechübungen nach sich zog: Sergej eins, der Trainingsanzug, wollte sich auch Designer-klamotten zulegen, Sergej zwei, der zyklische Modemacho, machte Katja, nicht Katarina ein Kompliment (Verwirrung, warum dann die knisternden Signale an Letztere?), Svetlana, »die Waffe«, plante – betretenes Schweigen –, einen Finnen in die Luft zu sprengen, Katja machte Sergej eins, nicht Sergej zwei ein Kompliment (vollständige Verwirrung), Alexej hatte die Warterei auf Mutter und Frauen satt, Wang sagte, sie wolle nichts sagen, Tamara sagte tatsächlich nichts, Katarina hatte ein Rendezvous am Abend (worauf Sergej eins die Designerklamotten nicht mehr wollte – einige, vor allem Katja, behaupteten, sein Trainingsanzug mache eh viel mehr her), Vitali verkaufte wie gehabt Autos, Dragan vermisste die serbische Küche, Dimitri wollte seine russische neu streichen, Jens wünschte – beifälliges Gemurmel –, der Kurs sei vorbei, Silvia fand finnische Frauen, die Vietnamesinnen das Wetter zu kalt, Abdul wollte sich den Schnurrbart abrasieren (eine raffinierte Maskierung, er wollte sich für etwaige Saddam-Häscher unsichtbar machen), Ibrahim einen wachsen lassen (obwohl Abdul ihm davon abriet, er meinte, er bringe sich dadurch in Lebensgefahr) und Piet plante – er sprach mit Klicklauten, Brüller – den Besuch verschiedener Szene-Bars, um sein Finnisch in Form zu bringen.

Aber das waren nur Fingerübungen, Warmlaufen am Morgen

für die Grammatik-Olympiade am Nachmittag. Frau Heimonen war eisern und unnachgiebig, eine Mittlerin mit dem Charme einer unterschenkelbehaarten Ostblock-Leichtathletiktrainerin, sie zelebrierte, befahl, fuchtelte, beschwor, flehte, sah schwarz, weissagte, deutete, legte aus und erklärte – was sie wohl abends zur Entspannung machte? Vielleicht Scharfschießen im Wald oder Gesprächstherapie, meinte Silvia. Niemand sah sie nach dem Kurs irgendwo, aber vielleicht war das auch ganz gut so.

»Fünfzehn Fälle«, wiederholte Frau Heimonen hypnotisch, »fünfzehn Fälle hat die finnische Sprache, die auch alle von jedem finnischen Betrunkenen und jedem fluchenden Bauarbeiter benutzt werden.« Dann lachte sie, was sie oft tat, und manchmal wusste man nicht, warum. Ihr anschließender, unter einsamer Belustigung vorgetragener Kommentar, man käme am Anfang aber locker mit acht aus, machte wenig Hoffnung. Praktischerweise gäbe es jedoch wegen des Kasus-Getümmels keine Präpositionen, keiner wusste, ob das gut oder schlecht war, und außerdem keine Artikel, einige lächelten vorsichtig. Darüber hinaus reichten den Finnen vier Zeitformen völlig aus, Futur I und II fielen weg, »Finnisch hat keine Zukunft«, kalauerte Frau Heimonen, Katarina lachte hysterisch.

Das Personalpronomen »hän« konnte »er« und »sie« bedeuten, was die Geschlechterunterscheidung zum lustigen Rätselraten machte, die Einführung weiblicher und männlicher Vornamen musste in Finnland ein großes Ereignis gewesen sein. Dann, an einem belanglosen Vormittag, an dem es draußen regnete, Kinder über Pfützen sprangen und Bauarbeiter grammatisch korrekt fluchten, empfingen sie von Frau Heimonen die höheren Weihen der finnischen Sprache: Sie erklärte ihnen die Objektregelung. Dazu verteilte sie Kopien, die sie abends zuvor vermutlich in ihrem Labor gemacht hatte: Die Kursteilnehmer blickten auf Kreise, Tabellen und Pfeile wie aus einem VWL-

Leitfaden oder einer Anleitung zum Bau von Sprengstoff, es hätte auch der Plan sein können, wie man die Weltherrschaft erlangt oder ein Finnisch-Zertifikat oder inneren Frieden.

»Alles halb so wild«, beruhigte Frau Heimonen, es klang bedrohlich, »das Objekt, also die Satzergänzung, kann nur in zwei Fällen stehen: Partitiv oder Akkusativ.« Tschopp. Ein Satz wie ein Fallbeil. Einige hatten sich geduckt. Das war alles? Aber wenn es so einfach war, warum dann die Begleitbroschüre? »Natürlich gibt's wie immer ein paar Regelverletzungen«, zirpte sie gutgelaunt und tippte auf den Kopienturm, »sonst würde das Lernen ja auch keinen Spaß machen.«

Die Regelverletzungen entpuppten sich als umfangreiche Paralleltheorie, bei der man sich fragte, warum man die Ausnahmen von der Regel nicht gleich zur Regel gemacht hatte, dann wäre die Enttäuschung beim Lernen nicht so groß gewesen.

Dann kam der Todesstoß: Der Akkusativ war ein Konstrukt, noch dazu ein grammatisches, er konnte aussehen wie der Genitiv oder der Nominativ. Alle grübelten, nur Sergej eins machte eine wegwerfende Handbewegung und meinte, das sei pillepalle, aber keiner glaubt ihm. Es war nicht pillepalle, es war Metaphysik. Wenn man das verstand, verstand man auch das Wetter oder Naturkatastrophen oder Frauen oder wie Krebs entstand.

Doch Frau Heimonen gab nicht auf, sie erklärte, der Akkusativ habe zwar eine wichtige Funktion im Satz, aber keine eigene Form, er sei praktisch nackt – alle sahen zu Katarina –, es müsse etwas passieren, schließlich sei es schweinekalt in Finnland (sie rieb sich fröstelnd die Hände und zog die Schultern hoch), also leihe sich der Akkusativ die Klamotten von seinem Kumpel, dem Genitiv, der gebe die schon mal her, der sei da nicht so (Jens dachte an den heiligen Genitiv-Martin, der einem bettelnden Akkusativ seine Mantelhälfte gab). Weil es

21

aber ziemlich albern sei, immer im selben Plunder rumzulaufen und ständig mit dem Genitiv verwechselt zu werden, schloss Frau Heimonen, lege sich der Akkusativ auch noch ein paar schicke Sachen vom Nominativ zu.

Wenn der Raum verwanzt ist, holen sie uns jetzt ab, dachte Jens. Draußen fuhr ein Krankenwagen vorbei.

*

Silvia hatte keine Probleme mit Finnisch. Alle kamen zu ihr, wenn es Fragen gab, in der Mittagspause hatte sie kaum Zeit zu essen. Frau Heimonen war der Brief und sie die Trägerin, Frau Heimonen der Strom und sie der Verteilerkasten, Frau Heimonen die Diktatur und sie das Informationsministerium. Silvia war ein Phänomen, es war schon unheimlich, sie lernte Finnisch auf unbeschwerte, fast spielerische, ja kindliche Weise, mit einer Mischung aus Talent, Fleiß und Empathie, irgendwie *fühlte* sie die Sprache. Mittlerweile hielt Jens ihre Äußerung, sie unterhielte sich mit der Mutter ihres Freundes nur mit Händen und Füßen, schlicht für eine Lüge, eine aus Höflichkeit oder Mitleid in die Welt gesetzte zwar, aber doch für eine Lüge, in jedem Fall aber für die Untertreibung des Jahrhunderts.

Immer wenn er und Dragan händewerfend verzweifelten, »suomea suomeksi« im Zuge einer Hasszeremonie zu verbrennen planten oder sonstwie schlecht gelaunt waren, dämpfte sie tibetisch: »Lasst doch mal los, ihr seid steif wie Novizen, das hier ist nur Sprache ...«

»Nein«, meinte Dragan, man wusste nicht, ob aus Spaß oder Ernst, »es ist ein Geheimcode, und du hast den Schlüssel. Gib ihn her! Was hast du der Heimonen dafür geboten? Deine Seele?«

»Der Schlüssel zum Ganzen, mein Lieber«, raunte Silvia, die Hand senkrecht an den Mundwinkel gelegt, »liegt darin, einfach das Buch zu vergessen und anzufangen zu sprechen, einfach raus damit, sprechen, du weißt schon, die Aktivierung der Sprechorgane, Kehlkopf, Lippen, Zunge und so, zwecks Lauterzeugung, dein deutscher Jesuitenbruder«, sie knuffte Jens in die Seite, »kann das ja auch so gut.« Sie lächelte entwaffnend, das Kreuz ruhte friedlich zwischen ihren Schlüsselbeinen. »Ihr habt doch beide finnische Freundinnen, nicht? Na, perfekt, dann versucht doch mal, einen Tag lang nur Finnisch mit denen zu sprechen, ein beziehungsinterner Deal sozusagen, das totale Regressionserlebnis, kann ich euch sagen, man wird wieder zum hilflosen Kind.«

Jens und Dragan sahen sich an, sie waren sich nicht sicher, ob sie das wollten, Zurückgeworfenwerden in die Steinzeit ihres Lebens, Neandertalersätze grunzen und sich wimmernd freuen, wenn sie verstanden wurden. Jens überlegte, er könne besser erst mit Aamus Hunden üben, die konnten sich nicht wehren, und außerdem kämen ein paar scharfe Befehle draußen gut bei den Leuten an, Finnen liebten Hunde, und denen war es ja egal, wie schlecht man Finnisch sprach, Hauptsache, es gab ein paar Kekse.

Aber Silvia hatte recht: Er musste entspannen, Jesuitenbruder hatte er nicht verdient. Er versuchte angestrengt, sich nicht mehr aufzuregen, was erst gar nicht, dann ab und zu mal klappte, manchmal sogar ohne Anstrengung. Deutschsein war wie Krätze manchmal.

*

Es ging voran, obwohl er mit Aamu kein Wort Finnisch sprach, sie bestand ganz unkooperativ darauf, das hieß: es fielen auch keine finnischen Kosenamen wie in italienisch-finnischen Haushalten vielleicht, sondern höchstens Schüsse, wenn ein Krimi lief, oder neue Schneelagen, die der Dezember so mit sich brachte. Deutschsein im Ausland war schwer, klar, das war es ja immer irgendwie, aber mehr wegen der zwanghaft erwarteten Wesensmerkmale, der Stahlhelmhaftigkeit, der Pickelhaubrigkeit, oder der entfachten Modewaldbrände wegen, der Tennissocken-kurze-Hosen-Exzesse, der Folklorekommandos, des geschlossenen Auftretens kreischender, wild und unaufhaltsam zu guter Laune entschlossener Kegelvereine in gedrucktem Gruppenfoto-T-Shirt, fortgeschrittenem Alter und selbst entworfener, gehörnter Wikingermütze auf dauergewelltem, schütterem Haar, solcher Dinge wegen halt, nicht so sehr wegen der deutschen Sprache, die mochte man in Finnland, und schon gar nicht, wenn man eine Freundin hatte, die in dieser Hinsicht deutscher war, als es Jens je sein konnte. Aamu sprach Deutsch, den ganzen Tag, Kosenamen, Grüße, Schwüre, Flüche, alles, sie liebte das. So gesehen war Deutschsein okay, beim Finnischlernen half es jedoch gar nichts.

Draußen lief's besser, tierisch gut eigentlich oder treffender: wie am Schnürchen, denn Aamus Englische Springerspaniels, einer reichte nicht, alle beide also, gehorchten ihm aufs Wort. Er kannte sie alle, jeden Befehl, bei »hae!« flitzten sie wie bekloppt einem fliegenden Stock hinterher und bei »maahan!« warfen sie sich in den Staub, mittlerweile auch Schnee, man konnte toll den Imperativ dabei üben und ein, zwei der fünfzehn Fälle, nicht nur Besoffene und Bauarbeiter reagierten darauf, auch finnische Hunde, von Regression war keine Spur, eher von Omnipotenz. Aber nur bis zum nächsten Tag, dann saß die Hundestaffel wieder vor Frau Heimonen und gab Pfötchen, Kekse gab's nicht.

Dennoch begann Finnisch, Spaß zu machen, Sprechspaß genauer, denn sah man Grammatik als das, was sie war, ein System nämlich, das Ersteren verhinderte, konnte man erlöst und befreit in den Austausch mit anderen treten, allerdings nur im Bunker des Klassenraums, die Welt draußen war böse und sprach Slang. Das wirkliche Problem hingegen war, an Rohmaterial zu kommen, Hardware, Verwertbares, kurz: Vokabular, die finnische Sprache war geizig und schenkte einem nichts außer ein Lehnwort ab und zu, und das auch nur, wenn man artig suchte. Da gab es Existenzielles aus dem Englischen (baari), Fahrendes aus dem Lateinischen (bussi), Tierisches aus dem Griechischen (elefantti) und schwer Verdauliches aus dem Deutschen (metvursti). Ansonsten war Jens rentnerhaft orientierungslos, ohne Wörterbuch traute er sich schon gar nicht mehr vor die Tür.

»Finnisch gehört zu den finnougrischen Sprachen, die sich unabhängig von den indogermanischen entwickelt haben«, dehnte Frau Heimonen. »Innerhalb dieser recht kleinen Sprachfamilie ist das Estnische ein naher und das Ungarische ein weit entfernter Verwandter, sozusagen der Neffe aus dem Süden.« Sie lachte meckernd, Katja auch, obwohl sie gar nicht zugehört hatte. »In den Steppen Nordsibiriens und des Urals, woher wir Finnen ursprünglich stammen, wird noch mancherorts eine Art Urfinnisch gesprochen. Auch das in Lappland gesprochene Samisch gehört zur Sippe.« Sie kicherte in die Stille, Katja verstummte und sah besorgt zu den anderen. Sergej zwei fragte Svetlana leise, ob es an ihnen läge, ob es ihre Schuld sei, aber sie beruhigte ihn und meinte, es sei nur der Winter oder der Schneematsch oder die Menopause. Die Vietnamesinnen machten sich ständig Notizen, vielleicht für ihren Geheimdienstbericht, den, der, durch Fotos untermauert, bewies, dass Finnland das gefährlichste Land des Okzidents war, oder für das Drehbuch zu einem vietnamesischen Fluchtdrama (»Vom Regen in die Traufe«) oder für ihre Memoiren oder einfach nur so, wer wusste das schon?

Jens schrieb selten, nur wenn er musste, aber er hatte hier und da Lieblingswörter, Wörter, die aus zwei eigenständigen eins mit komplett neuer Bedeutung machten, »lohikäärme« etwa, das, aus »lohi«, »Lachs«, und »käärme«, »Schlange«, bestehend, zu einer schleimfiesen »Lachsschlange« zusammenwuchs. Gemeint war aber keine exotische Amphibie, sondern, tamtam, das Fabeltier des Drachen, Jens fand das toll. So toll, dass er anfing, Wang damit auf die Nerven zu gehen, er und Dragan eigentlich, der das Wort auch so witzig fand. Sie machten Sätze wie »China, Drache, Nationalsymbol« oder »Godzilla auch Drache«, wobei Dragan Jens entrüstet einen Vogel zeigte und meinte, Godzilla sei ein japanischer Drache und hätte mit China nun wirklich gar nichts am Hut. Wang sah sie mit nichts sagenden Augen an und lächelte, Chinesen taten das immer, es hatte also nichts zu bedeuten, dann erklärte sie durch Handzeichen und Zeichnungen, dass sie dreißig sei, nicht sechzehn, und dass sie, wenn sie die auch werden wollten, besser Leine zögen. Sie schien sauer zu sein, ihre Augen leuchteten auf einmal wie die einer grünschuppigen, hungrigen Lachsschlange.

Silvia war besser gelaunt. »Korppikotka«, sagte sie und blickte auffordernd in die Runde. »Korppi« sei wohl ein Rabe, meinte Jens, und »kotka« ein Adler, erinnerte sich Dragan, Preisfrage war: Was wurde daraus?

»Rabenadler!«, kreischte Dragan, aber Silvia sah ihn mitleidig an. So ginge das nicht, meinte sie, das sei zu einfach, er müsse sich schon ein bisschen anstrengen, da könne ja jeder kommen. Aber keiner kam drauf, dann dachten beide an Aas, wegen des Raben, und einen großen Vogel, wegen des Adlers, es lag etwas in der Luft, begann schon zu riechen, einige Zeit verging, dann fiel es herunter.

»Ein Geier, ein Geier, ein verdammter Geier ist das!« Jens war schneller, Silvia trat zur Seite und applaudierte.

Jens und Dragan gingen während der Pause oft in die Stadt, während der Kurs sich oben im Giebel versammelte und notgedrungen, mehr unbewusst, doch gemäß den Heimonen-Doktrinen, die Sprachgrenzen überschritt. Abgrundtief, stink-, wenn nicht liebesromanlangweilig war es geworden, tausendseitenzäh und strapaziös, nur mit den eigenen Leuten zu tun zu haben, man kannte alle Geschichten, alle Schicksale kapitelnummeriert genau, man wollte Action, was erleben, zwei Fliegen mit einer Klappe schlagen, Finnischlernen und Spaß, deshalb schlug man nicht Fliegen, sondern Brücken, und zwar zu den anderen. Es war alles eine Frage des Entertainments: Unterhielten sich etwa Sergej eins und Alexej miteinander, stand ihnen zwar die russische Sprache mit all ihren Windungen und Wendungen, Schlenkern und Schnörkeln zur Verfügung, nur, was nutzte es? Junge, fraueninteressierte Pazifisten hatten gealterten Ex-Soldaten in Trainingsanzug auch in der eigenen Sprache wenig zu sagen, das Gleiche galt für die Vietnamesinnen: dass Finnland ein Dschungel war, brauchten sie sich nicht noch gegenseitig zu bestätigen. Viel toller war es, wenn Svetlana Abdul von den lustigen Zeiten damals im Sprengstoffkommando auf der Krim erzählte, da wurde gelacht, das hatte Flair, oder wenn Sergej zwei sich an Tamara heranmachte, Vitali und Ibrahim über finnische Frauen und ihr ständiges Handtaschenherumgeschleppe lästerten, Piet Wang versicherte, er hätte das ganze Wochenende in einer Vorstadtkneipe mit Bauarbeitern durchgesoffen und dabei mehr Finnisch gelernt als in drei Wochen Kurs, oder wenn Wladimir, der Atemkünstler, einfach die Luft anhielt und blau anlief, während alle im Rhythmus klatschten und die Sekunden zählten, auf Finnisch natürlich.

Von alldem bekamen Jens und Dragan gar nichts mit, bis zu dem Tag, als sie früher zurückkamen und den Dachboden dröhnen hörten. Sie sprangen die Treppe hinauf und betraten einen Basar, einen Jahrmarkt, einen Bienenkorb: Alle riefen, gestikulierten, schrien quer durcheinander, lachten, schlugen sich auf die Schenkel, gegen die Stirn, auf die Schulter – Vitali Dimitri auch einmal in die Fresse, als er wegen irgendwelcher

Autoverkäufe zu den Bullen wollte – oder gar Rad, wie Sergej eins, der den Raum mit Slapstick und Geschicklichkeitsdarbietungen in Atem hielt, hinten links, von allen unbeachtet, saß Wladimir, der dunkelblau leuchtete, Sergej hatte ihm die Show geklaut, er brauchte Aufmerksamkeit, Publikum, einen Arzt, vor allem Luft.

Jens und Dragan waren überwältigt. Sie zogen schnell die Jacken aus, warfen sich in die Brandung und machten mit bei Austausch und Vermischung, Sprachbad und Wortplanscherei, das Heimonen-Theorem bewahrheitete sich: Es kam zu echten Fortschritten, Evolutionssprüngen fast, sprachlichen aber nur, kleinem, persönlichem Gehüpfe, Erfolg immerhin und damit der Erfüllung der Prophezeiung, dem Vergessen der Muttersprache, dem Ausbruch allgemeiner und spontaner Lingualamnesie.

Klar passierte auch das. Sergej zwei und Tamara verkrochen sich immer häufiger in den hintersten Winkel der Küche und steckten die Köpfe enger zusammen, als üblich war. Wenn sie das nicht taten, warfen sie sich verliebte Blicke zu, schwer wie Raubtierköder. Katarina platzte. Sie stellte sich vor sie und machte stil- und geschmackfreie Bemerkungen, Klosprüche mit Gesten untermalt, auf Finnisch immerhin und für alle verständlich, aber dennoch und deshalb blöd. Ein Hormonschub, dachten die Russen, Eifersucht die anderen (beides stimmte), Miststück, dachte Tamara (das stimmte natürlich nur bedingt). Sie fing Katarina ab, ging mit ihr vor die Tür und kam allein zurück. Spekulationen, Gerede, Theorien. Dann kam auch Katarina zurück, bleich, zitternd, verstört, ein fleckiges, nach Erbrochenem riechendes Taschentuch vor dem Mund, was zu neuen Spekulationen führte, denen jedoch beide, zwei Tage später, durch eine übertriebene, in Umarmung und Cheekkiss gipfelnde Versöhnungsaktion einen Riegel vorschoben. Keiner glaubte ihnen.

Aber nicht nur Liebe ging durch den Magen, auch Sprache tat es. Es war zur Sitte geworden, lodernde und sengende Koch- und Bratwettbewerbe abzuhalten, zu denen sich die alten Muttersprachgruppen wieder einfanden, um in der Küche, in fröhlich-trauter Runde, zu häuten, rupfen, vierteln, achteln, zwölfteln, auszuweiden und ausbluten zu lassen. Die Russen wollten die Vorentscheidung, sie rollten Borschtsch über die Straße, in zaubertrankkesselförmigen Tanks, und verteilten ihn, noch Tage später, unter Trinksprüchen und Gläserverteilung, in kyrillisch verzierten Schüsseln: kaum zu schlagen. Die Vietnamesinnen konterten dennoch mit Jasminreis, Dünstfleisch und anschließendem Grüntee, Silvia zückte gar glühend scharfe, schmerzhaft leckere Fleischspieße – die Russen wurden nervös –, Piet und Ibrahim, beides erfahrene Angler, tischten eine Lüge oder besser: Forellen mit Preisschild, auf – Disqualifikation und Aufatmen im russischen Lager –, Abdul brachte einen Stall toter, sensationell gewürzter Hühner – Angst wieder und Wodkapause –, die obendrein noch von Wangs Gänsen mit Glasnudeln übertrumpft wurden – Herzstillstand und Panik –, dann kam Jens, gefahrlos und zuletzt: er hatte »deutschen Kohleintopf classique« nicht nur gekocht, sondern auch so genannt, mehr ein Scherz eigentlich, den Sergej eins jedoch fachmännisch kommentierte: »Das schmeckt gut, Jens, echt, wie Borschtsch ohne Zutaten.« Jubel, spiegelglatte Gläserfüllung und Viktoria auf russischer Seite.

*

Der Kurs war zu Ende, Glockengeläut, drei Monate Affenarbeit vorbei, manche hatten sich so aneinander gewöhnt, dass zum Abschied Tränen flossen. Tamara und Katarina versöhnten sich erneut, in artig, aber etwas angestrengt applaudierendem Halbkreis, danach umarmten sie sich wieder. Alle fanden, jetzt sei es genug.

29

Am letzten, wirklich allerletzten, Tag erschien der Kurs in feierlicher Garderobe (Sergej eins trug zu seiner Trainingshose einen neckischen Blazer, geschickt abgekupfert von seinem finnischem Nachbarn) und erhielt von Frau Heimonen das Zertifikat, die Urkunde, die Gebetsrolle, die Eintrittskarte. Die Vietnamesinnen schoben das Papier ehrfürchtig in mitgebrachte Schutzfolien, sie mussten es sicher mit Fotos ihrem Geheimdienstbericht beifügen, andere packten es lose in ihre Taschen, einige knickten es, ein paar sogar unsanft, doch nur Wang zu einem Papierflieger, der stramm Richtung Mülleimer zischte (Jens war sicher, das sei Origami, Dragan hielt es eher für einen Papierflieger, davon abgesehen sei Origami nicht chinesisch, meinte er, sondern stockkonservativ japanisch – wie Godzilla).

Und dennoch, eine letzte Hürde galt es zu nehmen: das Gespräch mit dem Volk. Jens hatte eine kreuzelende, wenn nicht Heidenangst davor, er war überzeugt, Finnen hätten den ganzen Tag nichts Besseres zu tun, als sich über seine Patzer scheckig, kaputt-, schließlich totzulachen. Eine ernste Gefahr also, mehr für sie eigentlich als für ihn, fürchtete er, denn er würde seine Schnitzer schon irgendwie überleben. Vielleicht kam aber auch alles ganz anders und niemand lachte, weder aus Spaß noch sich zu Tode, es kam vielmehr zu einer bierernsten Anklage und dann zum Prozess, in einem riesigen, johlenden Gerichtssaal im Zentrum von Helsinki, und am Ende folgte die Todesstrafe, sie würden ihn exekutieren, an irgendeinem gottverlassenen See – davon gab es genug –, ohne zu sagen, was er verbrochen hatte. Der Inessiv, nicht? Das war's, er hätte den Inessiv benutzen müssen statt den Adessiv, oder doch den Translativ? Oder sie würden ihn auf einen zweckentfremdeten Zahnarztstuhl schnallen und die richtigen Flexionstabellen in die Haut tätowieren, wer wusste das schon? Finnen redeten nicht viel, sie handelten.

Alles Paranoia. Er nahm sich vor, statt auszuflippen lieber jemanden nach dem Weg zu fragen, das hatte weniger gravierende Folgen. Auf der Straße war jedoch nichts los, er dachte bereits an eine Falle, als er in einem Geschäft eine junge Frau Blumenkränze flechten sah, sie wirkte nicht wie ein Grammatik-Spitzel. Er öffnete die Tür, vertrautes Klimpern, trat über den frisch gewienerten Boden und radebrach zwei Sätze vor ihr, der erste belanglos, der zweite eigentlich auch, aber ebenso eine Frage nach dem Bahnhof (er wusste, wo der war, Generalstabsplanung, nichts konnte schiefgehen). Dann schnappte die Falle zu. Die Verkäuferin war begeistert, dass jemand so bescheuert war, Finnisch zu lernen, und zog, nein riss ihn in ein grund- und bodenlos tiefes Gespräch über Ausländer in Finnland und wie schwer es hier für sie sein musste und überhaupt, an sich und generell. Jens drohte zu ertrinken und wehrte sich atem- und worteringend mit kurzen, fehlertropfenden Gegenfragen. Die Stiche saßen, sie leckte sich die Wunden, wurde abgelenkt und musste antworten, Jens schwamm an Land und hielt sich an Blumentöpfen fest. Sie erzählte von sich und dem Geschäft, beiden ging es schlecht, eine Art Wechselwirkung, das eine bedingte das andere, und dass man hier in Finnland nur zu Muttertag richtig Blumen verkaufte, sonst würde man auf dem Gestrüpp versauern, eigentlich hätte sie an die Uni gewollt, aber dann sei ihr was dazwischengekommen, einige Zeit später auch ein Kind und dann noch eins, Jens sah unauffällig auf die Uhr. Er wolle jetzt aber Blumen kaufen, tröstete er sie, einen ganzen Strauß sogar, er war gut gelaunt, alles hatte geklappt, er war am Leben und wurde nicht tätowiert. Sie wisse sicher, welche Blumen etwas hermachten, sie wären für seine Freundin.

»Ah«, machte sie wissend, »für dein kulta also.«

Jens runzelte die Stirn, kulta bedeutete »Gold«, das wusste er, man benutzte es also auch als Kosewort, so wie »Schatz« oder

»Mausibär«, toll, gleich zu Hause ausprobieren. Wenn Aamu das Süßholz nicht wollte, hatte er ja immer noch Blumen und Farn.

Unterwegs im Zug probte er weiter Finnisch, er hatte Blut geleckt. Aber das war nicht so einfach, Finnen hatten ein ambivalentes Verhältnis zum Gespräch, entweder man schlitterte unversehens in eins rein, eins, das von ihnen bereits angezettelt und vom Zaun gebrochen war und schon leicht schalig, etwas müffelnd, in Luft und Ungewissem schwebte, oder man provozierte ein neues, unverbrauchtes, beides mit dem Ergebnis, dass man nicht mehr rauskam, oder, was der Normalfall war, man kam erst gar nicht in eins rein. Finnen konnten sehr wortkarg sein. Wenn man, Aamu erzählte das ab und zu, etwa als Tourist den Koch eines Fährschiffs fragte: »Do you speak English?« und damit die unausgesprochene, aber dennoch brüllende Bitte verknüpfte, dies doch auch – Englisch sprach in Finnland fast jeder – hier, jetzt, ausführlich und hemmungslos zu tun, wenn es keine Umstände machen würde, weil man, dies nun laut und anspornend geäußert, doch von Finnisch leider keine Ahnung, dafür aber einen nagenden Hunger habe und man ja nicht wisse, was man nehmen dürfe von all den leckeren Sachen am Buffet wegen seiner Laktoseallergie und so weiter, konnte es sein, dass er nach einiger Zeit, Nonverbales wie Verbales übergehend, ergebniszentriert und atmungsökonomisch knapp, mit »Yes« antwortete und auf die nächste Frage wartete. Finnen waren so.

Aber dann fand er doch noch jemanden, einen jungen Mann, mit dem man bestimmt toll üben konnte. Tief in die Wand gedrückt saß er, glatzköpfig, die Arme verschränkt, den geflochtenen Kinnbart auf Bierflasche und 69 Eyes-Shirt gesenkt, und schnarchte ausgelassen und unregelmäßig vor sich hin. Als Jens sich neben ihn setzte, erwachte er saugend und erzählte gut gelaunt nicht aus seinem Leben, sondern gleich das ganze, mit allen Höhen und Tiefen, Längen und Breiten, Finnen waren sehr ehrlich, dieser besonders. Vor allem die Tiefen hatten es ihm angetan, die waren sein Leben, der Zug, reduziert auf Jens jetzt, sollte von ihnen erfahren. Von seiner Freundin war viel die Rede, die ihn verlassen hatte vor geraumer Zeit – Schimpfwörter fielen, Flüche prasselten, Jens machte das Fenster zu – und deren Rückkehr auf sich warten ließ, wie überhaupt alles in seinem Leben etwas dauerte: Schuhe zumachen, wilde Partys, Eintritt ins Rentenalter, Sommergrippe. Jens nickte verständnisvoll und sagte »aivan!«, »genau!«, meist im Halbminutentakt, nicht zu oft, das fiel auf. »Genau« war toll, ganz allgemein, es gab einem Sicherheit und Stütze, ein Licht in der Nacht, man bestätigte einfach den anderen in allem, was er sagte, egal, wie hirnrissig es war, und forderte ihn gleichzeitig auf, mehr zu erzählen. Auf die Art bekam man viele neue Vokabeln mit, ohne komplizierte Zusammenhänge begreifen zu müssen, wurde nicht gefragt und in Ruhe gelassen. Manchmal, eigentlich nur selten, fragte er sich jedoch, was er so alles bestätigte, vor allem wenn Wörter fielen wie »naiset«, »Frauen«, »syy kaikkeen«, »an allem Schuld«, und »kuolema«, »der Tod«, aber das würde sich bestimmt wieder einrenken.

Aamu jedenfalls war froh, ihn zu sehen. Die Hunde umtanzten ihn und leckten die linke Hand, die rechte übergab die Blumen: »Für dich«, Hundeblick, »kulta«.

Der Schrecken von Hanko

Ich will den Job.«
Mehr sagte Erkki Lehtinen nicht. Er fand, das müsse erst mal
reichen. Und tatsächlich: es war ein Satz, bestechend, um nicht
zu sagen: erpresserisch in seiner Kürze, der da gesagt worden
war und der obendrein und ohne Zweifel alles besagte:»Ich«,
denn wer sonst,»will«, dessen Unerbittlichkeit und Strenge
Modal- und Kuschelverben wie»können« oder»mögen« mitleidslos in den Bereich des Privaten, des Häuslich-Höflichen
verbannte oder gleich ganz verbot, und schließlich»den Job«,
das Objekt, das Umtanzte, die Erlösung, der Fetisch, das Kalb,
Garant für Magengeschwür, Malediven und Marmeladenbröt-
chen am Morgen. Der Satz sprach quasi für sich selbst, denn
artikuliert in all seiner Beschnittenheit und Enge war er selbst
nichts als Ausdruck und Form dessen, was er beinhaltete: Ra-
tionalisierung und Zweckmäßigkeit. Und er war mehr (oder
er war weniger, das kam auf den Standpunkt an): er war ver-
balisierter Okzident, ein säkularisiertes Gebet, der Wille zum
Westen. Erkki war sehr stolz drauf. Nicht auf dessen Inhalt,
darüber dachte er kaum nach, sondern auf dessen Klang, den
fand er toll, er hatte so was schick Forderndes, Selbstsicheres.
Er selbst war ganz anders, und daher wurde er auch immer
nervöser, als nichts passierte, – die Worte starben einfach irgendwo in der stickigen Wärme des Büros, ungehört, so schien
es, ohne Blüten zu tragen. Dabei hatte er alle Hoffnungen in
seine Strategie gesetzt, die er»Rhetorischer Minimalismus bei
Vorstellungsgesprächen« nannte, vor drei Tagen im Suff erfun-
den hatte und gerade in der Praxis erprobte. Kurze, provokante
Sätze auf den Zuhörer niederhageln lassen, in Abständen natürlich, schauerartig sozusagen, ohne durch das angerichtete
Schweigen irritiert zu werden, das war die Idee. Doch wie es

so mit Ideen war, zumal den großen, waren sie verdammt zum selben Schicksal, dem nämlich, bis zum Sankt-Nimmerleins-Tag welche zu bleiben, – Erkkis schien da keine Ausnahme zu machen.

Er fuhr sich an den Hals und öffnete den obersten Knopf seines unkrawattierten, hautblassen, etwas speckigen Hemdes, das er am Morgen noch behelfsmäßig gebügelt hatte (behelfsmäßig hieß, er hatte seine Nachbarin gefragt, ob sie es für ihn bügeln konnte). Dann fing er wieder an zu schwitzen, wie ein Schwein, ein Bär, ein Mensch, hemmungslos und unter stillem Protest, eigentlich schmolz er, er taute. Das tat er mehr oder weniger schon die ganze Zeit oder besser: seit er sein Sätzchen aufgesagt und sein Gegenüber angefangen hatte, in seinen Arbeitszeugnissen herumzuraschelun. Vielleicht, ja, vielleicht war seine Strategie nicht nur schwer umsetzbar, sondern falsch, ganz einfach falsch, in ihren Grundfesten, von Idee, Grundgedanken und Ansatz her, falsch wie das Konzept Tütenwein oder Plastikflaschenbier oder Tubenkäse – sie musste es sein. Sie erschien ihm plötzlich falsch wie Kaukasuskrieg, Kreuzzug, Kolonisierung, Kanton-Kung-Fu-Kinotag, Kindergeburtstag und überhaupt Events mit viel Rumklopperei, falsch wie gelbe Tomaten, Petersilieeis und freie Marktwirtschaft, wie unsägliche zweiundzwanzig Prozent finnische Mehrwertsteuer, wie Erlebnispädagogik, Sauna kälter als siebzig Grad, Hunde mit Halstuch, Gesichter auf Wurstscheiben oder Frauen mit Hut. Vielleicht wollte der Chefredakteur einfach nur, dass er erzählte, von sich und warum er den Job wollte, ausgerechnet diesen am Ende der Welt.

Ja, warum eigentlich? Natürlich konnte er jetzt anfangen zu lamentieren, umständlich ausholen und erklären, dass er fünf endlose Jahre an dieser elenden Handelsschule in Hyvinkää zugebracht und versucht hatte, Schülern, deren Berufsaussichten gleich null waren, eine Sprache beizubringen, die sie hassten:

Schwedisch. Er konnte, etwas pädagogisch-aufmüpfig, hinzufügen, dass er genug davon hatte, ein Fach zu unterrichten, das landesweit Pflichtprogramm war, das jeder Schüler lernen *musste*, ob er wollte oder nicht, das man bis zur neunten Klasse nicht los wurde und das an einem klebte wie Kaugummi unterm Schuh oder besser: wie die Pest am Arsch und allein schon deshalb hassenswert war. Er konnte, eine Solidarisierung einleitend, den Chefredakteur fragen, ob er selbst Kinder hatte – Kinder kamen immer gut – oder besser: ob Enkel da wären (er musste an die siebzig sein) und ob er wüsste, wie ungern die, denn ganz sicher täten sie das ja ungern, Schwedisch lernten, ja, ob ihm klar sei, dass nicht Chemie-, Mathe- oder Physik-Lehrer die mit Abstand meistgehassten Pädagogen Finnlands waren, sondern, ja, genau, richtig, Schwedisch-Lehrer, was ja auch eigentlich gar kein Wunder wäre. Oder er konnte – Frontalangriff und Anbiederungsfinale – fragen, wie es ihm selbst als Schüler ergangen sei, ob er nicht auch diese weiche, eigentlich nicht gesprochene, sondern gesungene Sprache (»tuntig«, meinte ein Ex-Schüler, Schwedisch sei ein Wattebausch, keine Sprache) verflucht hatte.

All das hätte funktioniert, überall in Finnland, nur nicht hier. Hier befand er sich auf merkwürdigem Territorium: Im Südwesten des Landes und die gesamte Westküste hinauf gab es Landstriche, Übergangsgebiete, Twilightzones, die von Mischwesen, Zentauren bevölkert waren, Finnen, deren Muttersprache nicht Finnisch, sondern skurrilerweise Schwedisch war, eine Hinterlassenschaft der Schweden selbst vermutlich, die umgekehrt niemals, das ließ ihr Stolz nicht zu, um Himmels willen, unter gar keinen Umständen, Finnisch sprechen würden, ja nicht einmal im Traum daran dachten, auch nur irgendetwas, das im Entferntesten wie Finnisch *klang*, über die Lippen zu bringen, keinen Mucks, nicht in einer Million Jahren, aber dennoch nichts dagegen gehabt hatten, Finnland ein paar Jahrhunderte, an die sechs, um genau zu sein, zu unterwerfen. Schwedisch wurde damit Amtssprache, da kannten die Schweden nix, weit über ein halbes, blondes, smörrebrödlanges Jahrtausend lang. Anfang des neunzehnten Jahrhunderts hatten sie dann aber endgültig genug von Finnland, packten ihre sieben Sachen, gelb-blauen Fahnen und hornförmigen Trinkbecher ein und kehrten nach Schweden zurück, offiziell hieß es wegen Heimatverpflichtungen, vermutlich hauten sie aber nur deshalb ab, weil sich die Finnen im Gegenzug geweigert hatten, Schwedisch zu lernen, trotz intensivster Bemühungen der Schweden, Daumenschrauben und Streckbank, und die Verständigung zwischen den beiden daher naturgebunden etwas schwierig ausfiel. Finnland war also wieder allein, zurück blieben: ein Schwedisch-Pflichtprogramm an Schulen, jede Menge Finnen, die Schwedisch hassten, und ein paar Finnen, draußen am Meer, die Schwedisch ganz toll fanden, immerhin war es ja ihre Muttersprache, und gegen die konnte man schlecht irgendwas sagen. Warum ganz genau die das war, also Muttersprache, und vor allem, warum sie das heute *immer* noch war, war jedoch ein Rätsel, schließlich waren die Schweden schon seit zweihundert Jahren weg, warum also noch Schwedisch sprechen? Was bezweckten sie damit? Es war schon merkwürdig. Die Strandschweden, wie man diese Finnen auch nannte, oder Finnoschweden waren überhaupt ein seltsames Volk, einerseits waren sie stolz darauf, schwedischsprachig zu sein, und andererseits fühlten sie sich ebendeshalb ständig bedroht und vergackeiert von ihren finnischen Landsleuten, kurz: sie waren Prinzesschen, Sissis, beleidigte Leberwürste, die, um die Sache gänzlich unbegreifbar zu machen, obendrein auch noch Finnisch sprachen, das aber ungern, eher selten, nur in Notfällen oder unter Zwang und dann Protest oder wenn sie besonders gut drauf waren, wenn man es genau betrachtete, eigentlich nie, sie waren gern unter sich. Irgendwie waren sie keine richtigen

Finnen mehr und noch keine richtigen Schweden, sie waren weder Fisch noch Fleisch, Fischfleisch, Amphibien, und zwar welche der Sprache, die locker sowohl in Finnland als auch in Schweden zurechtkamen, wenn es drauf ankam. Meistens kam es jedoch nicht drauf an: die Schweden blieben in Schweden, die Finnen in Finnland und sie irgendwo dazwischen.

Erkki war Finne, hundertprozentiger, er wusste, dass antischwedische Sprüche hier nicht gut ankamen, schließlich weinten die Strandschweden den Schweden nach, lebten an der Küste, hatten also sozusagen in doppelter Hinsicht nahe am Wasser gebaut, und waren, wie gesagt, etwas kapriziös; vor allem jedoch wäre Lästern ein Eigentor gewesen, ein extra dummes zudem, weil er doch den Job des Schwedisch-Übersetzers wollte, den fürs Hanko-Lokalblatt nämlich, deshalb war er hier. Vermutlich war der Chefredakteur eine der Amphibien, man sah es ihnen ja nicht an. Vielleicht war er zusätzlich noch Ehrenpräsident des Vereins für schwedisch-finnische Freundschaft, ja, so was gab's, fast immer besetzt nur mit Strandschweden und Schweden, allein schon wegen der Sprache, vor allem aber wegen der Freundschaft, denn die im Vereinsnamen beschworene Freundschaft zwischen Finnen und Schweden gab's ja praktisch nicht, und Erkki hätte es geschafft, sich innerhalb von Sekunden lebenslang für den Job zu disqualifizieren, vielleicht würde ihn die Redaktion auch, lauter Mischwesen sicher, johlend durch die Stadt prügeln, wer weiß? Strandschweden hatten wegen ihres Identitätssalats sicher ein enorm hohes Gewaltpotenzial. Dabei wäre das unfair, nicht nur die Prügel an sich – alle gegen einen war fies –, sondern auch der Anlass zu solcher, denn Erkki, Überraschung, liebte die schwedische Sprache, mehr noch: er verehrte sie. Sonst hätte er wohl kaum all die Jahre an der Uni Vaasa, auch sie Twilightzone, studiert, um Übersetzer zu werden. Eigentlich studierte er immer noch, ihm fehlte nur die leidige Abschlussarbeit, für die er wegen seiner Lehrertätigkeit in Hyvinkää keine Zeit gefunden hatte, doch davon sagte er nichts, er wollte professionell wirken.

Für ihn hatte Schwedisch nichts Tuntiges, sondern etwas Vornehmes, ja Aristokratisches. Sehr zum Gelächter und Leidwesen seiner Familie allerdings, die aus normalen, traditionellen Schwedenhassern bestand und aus Karelien stammte, finnischem Urgrund, Erzland, einer Art finnischem Kanaan.

Sein Vater schoss den Vogel ab, bei allen Gelegenheiten, auch solchen, die man nicht so nennen durfte, unpassenden Momenten also, in denen man besser die Klappe hielt, erzählte er Schwedenwitze, selbstverständlich nur die, in denen schwedische Männer entweder als Homosexuelle, geistige Fehlzünder oder erektionsschwächelnde Heulsusen auftraten und Schwedinnen, klar, von der Kette gelassene, stupide Sex-Roboter mit kaputtem Partnerzahl-Begrenzungsprogramm waren. Es war oft sehr peinlich. Bei so viel triebmotiviertem Schwachsinn musste man die Schweden schon fast zwangsläufig lieben.

Nicht, dass Erkki Probleme mit seinem Finnentum hatte, ganz und gar nicht, er war nur der Auffassung, dass Finnland ohne Schweden nicht auf dem kulturellen Niveau von heute wäre, eine Ansicht, die, in Karelien geäußert, früher sicher zu Häutung mit glühenden Zangen geführt hätte. Aber das betraf früher, wie auch das Beispiel, das er zur Untermauerung seiner These aufführte: Er verglich die Schweden mit Römern, die fremdes Gebiet eroberten. Sie unterwarfen zwar die Bevölkerung, gut, das brachte erobern eben so mit sich, aber wer baute Straßen, Brücken, Städte? Wer förderte Handel und Bildung, wer etablierte ein funktionierendes Rechts- und Verwaltungssystem? Die Schwedenrömer, Träger der Zivilisation und des Lichts. Manchmal glaubte Erkki, der Schwedenhass des Vaters hätte sich während der Pubertät in ihm in Schwedenliebe verkehrt. Aber das war nur so eine Theorie.

»Dass unser Blatt zweisprachig erscheint, muss ich Ihnen nicht sagen«, sagte der Chefredakteur. »Vielmehr ist das ja der Grund Ihrer Bewerbung.« Er legte die Zeugnisse beiseite, nahm seine Brille ab und goss sich Kaffee ein, die dritte Tasse schon, Erkki hatte er keinen angeboten, vermutlich nicht aus Unhöflichkeit, sondern purer, altersbedingter Vergesslichkeit. »Der Anteil der Schwedischsprachigen liegt hier bei über vierzig Prozent, eine stolze Zahl, ein Großteil von denen liest uns, aber nicht nur die, auch viele Finnen haben Abos, das heißt, man muss es allen recht machen, ein Balanceakt. Wir, ich vielmehr, beschäftige sowohl Finnisch als auch Schwedisch schreibende Journalisten, deren Texte sie sich vorzunehmen und, das ist wichtig, schnell und hübsch lesbar umzusetzen hätten, sie würden in beiden Sprachen hin und her springen, auch das verlangt artistisches Geschick. Sie kommen aus der Erziehung, deshalb sage ich das, Journalismus, das ist Geschwindigkeit und Präzision, manche unterschätzen das, vor allem, wenn sie aus artfremden Branchen kommen. Um es kurz zu machen, ich will zwei Dinge: Qualität und Quantität, ganz recht, ich sagte ›und‹, nicht ›oder‹.«

Der Chefredakteur lehnte sich zurück, die Stuhllehne jammerte. Erkki sah an der Wand dutzende blaue, krummhakige Orden blitzen, die sich konzentrisch, erst in großen, dann immer kleineren Abständen, mit immer geschwungeneren, unleserlichen Gravuren versehen, um ein Soldatenbildnis – es konnte der Chefredakteur selbst oder sein Vater sein – rankten. Das Bild hatte etwas Orthodox-Ikonenhaftes. Erkki fragte sich, ob es der Selbstbeweihräucherung oder dem Ahnenkult diente, wobei er nach kurzem Nachdenken zugab, dass das im Grunde ein und dasselbe war.

Der Chefredakteur lehnte sich wieder nach vorn, Stuhlgewinsel: »Sie müssten mindestens, am Anfang eine Plackerei, mir ist das klar, fünf Seiten pro Ausgabe schaffen, alles andere wäre indiskutabel. Der Letzte, den wir hier hatten, hat die Sache schleifen lassen, es fehlte ihm an Disziplin und Eifer, kurz: es gab Schreibfehler, aus lauter Nachlässigkeit, Fehler im Ausdruck und Ähnliches, die Leute haben sich erst beschwert und dann ...«, er machte eine gedehnte, etwas zu lange Pause, die wohl, missglückt allerdings, Dramatik erzeugen sollte, Erkki sah betreten zur Decke,»... gelacht. Sie haben gelacht, verstehen Sie?« Das Gesicht des Chefredakteurs verfinsterte sich, er sah auf seine Kaffeetasse. Gleich fängt er mit Pflicht an, dachte Erkki.»Dieser Verlag, junger Mann, diese Zeitung ist ein Erbstück meines Vaters«, er wies kurz mit dem Kopf nach hinten, ohne den Blick von Erkki abzuwenden,»der es wiederum von seinem geerbt hat. Seien Sie ehrlich: Wissen Sie, was Pflicht bedeutet?« Bei»Pflicht« brach seine Stimme etwas, sie bröckelte, Erkki war froh, dass er Taschentücher dabei hatte.»Hat dieses Wort für Ihre Generation noch einen Wert, halt, halt, lassen Sie mich mildern, einen Klang? Nun, wie dem auch sei, ich kann es mir nicht leisten, dass über meine Zeitung gelacht wird, Sie verstehen das sicher.«

»Selbstverständlich«, sagte Erkki und dachte an das eigene väterliche Erbe: eine Verbalenzyklopädie aller Schwedenwitze plus – ebenfalls mündlich überliefert – Spezialanhang nebst Ranking der zwanzig niveaulosesten. Er erinnerte sich an seine Abiturfeier, als sein Vater nach reichlich Bier, finnischem natürlich, da schwedisches zu»pissig« schmeckte, zum Rednerpult wankte und vor versammelter Menge, inklusive Rektor, Schwedisch-Lehrerin und den Mitschülerinnen, auf die Erkki scharf war, Schwedenwitze erzählte. Natürlich nur die, die keiner hören wollte, nicht in der hüstelnden, tüllknisternden Aula des Gymnasiums, nicht heute, nicht an so einem Tag.

»Zusätzlich träten Sie aber auch als Journalist in Erscheinung, sie erinnern sich: Geschwindigkeit und Präzision, sehr richtig. Sie würden für den finnischsprachigen Teil unserer

Zeitung schreiben und ihre Artikel umgehend ins Schwedische übersetzen, Sie sehen, hier wird praktisch gedacht. Die Themen hierfür gebe ich vor, anfangs zumindest, später, wenn Sie mit den Gegebenheiten in Hanko vertraut sind und die entscheidenden Leute kennen, übertrage ich Ihnen mehr Freiheiten. Meinen Sie, Sie schaffen das?«

»Ich bin sicher«, sagte Erkki zuversichtlich und begriff – der Chefredakteur sprach nicht mehr im Konjunktiv, er sagte jetzt »wenn sie Leute *kennen*« und »*schaffen*« –, dass er gerade den Job bekommen hatte. Freude detonierte in seinem Kopf – nie wieder Berufsschüler! Vorbei Ärger und Alb mit aufständischen, pustulösen, zystischen, spuckenden, gepiercten Verneinern in drei Nummern zu großen Jacken und Hosen und Baseball-Mützen auf kahl geschorenen Schädeln. »Wenn Sie mir sagen, wann ich anfangen soll, könnte ich mich bereits um eine Wohnung bemühen«, apportierte er, »ich wohne noch in Riihimäki, wie Sie wissen ...«

Der Chefredakteur unterbrach ihn sanft, auch er schien gut gelaunt. Sein etwas altbacken servierter Unternehmerstolz, der, obwohl fleißig verlängert mit reichlich wässrigem Aktionismus und gewürzt mit viel, aber fader Professionalität, immer wieder das durchriechen ließ, was er insgeheim war, nämlich verkochte, etwas schale Altmännersentimentalität, der also oder besser die war nun unverhohlen brodelnder Freude gewichen, einer Freude oder eher einer Art Insekteneuphorie, dachte Erkki ein wenig dramatisierend, die sich, hirnlos und hässlich, dann regte, wenn sich eine Fliege im Netz verfing. Er fühlte sich unwohl, sein Rücken klebte am Stuhl und irgendwie begann der Chefredakteur wie eine dicke Spinne auszusehen, eine, die sich gut gelaunt mit vier behaarten Beinpaaren die Fangscheren rieb.

»Das dürfte kein Problem sein, inserieren Sie einfach in unserer Zeitung, Sie sitzen ja jetzt an der Quelle, höhö«, machte die Spinne. »Sie werden sehen, Sie haben im Handumdrehen ein neues Zuhause. Darüber hinaus sind die Lebenshaltungskosten in einem, das sage ich frei heraus, Nest wie Hanko recht niedrig. Sie werden also zufrieden sein. Informieren Sie mich einfach, wenn die Dinge geregelt sind, dann können wir Näheres besprechen. Ach, da ist noch eine Kleinigkeit«, er sah beiläufig zum Fenster, »Sie müssten auch die sanitären Einrichtungen der Redaktion säubern.«

Erkki glaubte, sich verhört zu haben, etwas anderes war nicht möglich. Seine Ohren mussten fehlerhafte akustische Signale, gebrochene Schallwellen empfangen haben, sodass das Gehirn Probleme bei der Datenumwandlung hatte. Es begann zu rumpeln. Alternativbedeutungen wurden in Erwägung gezogen und verworfen, mit Althergebrachtem, Bekanntem in Beziehung gesetzt, angeglichen, umgeschaltet, gleichgeschaltet, quergeschaltet, metaphorisch verstanden, falsch verstanden, gar nicht verstanden, überprüft und erneut dismissed, bis sich schließlich, nach sekundenzäher, zuckerspiegelruinöser Schwerstarbeit, eine Verkettung von Möglichkeiten zu einer verdichtete und, zum hässlichen Begriff »Kloputzen« reduziert, die gebohnerte Empfangshalle seines Bewusstsein betrat. Hier konnte das Wort jedoch nicht mit der aktuellen Situation in Zusammenhang gebracht werden, es fehlte die Buchung, die Zimmernummer. Erkkis Lippen formulierten zitternd: »Bitte?«

»Ganz recht, ich meine das WC«, sagte der Chefredakteur ungerührt. »Sehen Sie, der Zeitung geht es momentan nicht besonders, wir haben Absatzschwierigkeiten leider Gottes, ihr Vorgänger hat da einiges an Leservertrauen zerstört mit seinen schlampigen Übersetzungen. Die Leute hier sind sehr stolz auf ihre Zweisprachigkeit, müssen Sie wissen, und reagieren allergisch auf mieses Schwedisch. Die melden ihr Abo einfach ab und wechseln zur Konkurrenz, wir sind nicht die einzige Zeitung in Hanko, genau genommen nur Nummer vier. Nun ja, Einsparungen müssen gemacht werden, auf allen Sektoren, nicht wahr, und deshalb ist die tarifgerechte Entlohnung einer professionellen Reinigungskraft derzeit undenkbar. Ich hoffe, Sie haben Verständnis dafür, es wäre auch nur vorübergehend.« Erkki war sprachlos. Das also war der Haken. Rückblickend erkannte er, dass alles viel zu glatt gelaufen war: die schnelle Einladung zum Gespräch, die Zusage. Vermutlich wussten die Leute in Hanko Bescheid, er war sicher, dass es keine anderen Bewerber gab, nicht aus dieser Gegend. Man hatte von Anfang an auf ihn gesetzt, weil schon im Eingangstelefonat durchklang, dass er verzweifelt war. Sicher, das schlicht aufgeführte Programm, die Darstellung der Zeitung als Zackzackunternehmen mit Tradition, obwohl der Konkurs vermutlich nicht vor der Tür, sondern schon im Flur stand, war albern, es hätte ihn misstrauisch machen müssen; doch er wollte das nicht sehen und war dem Köder weiter gefolgt, und schlimmer: er war ihm nicht nur gefolgt, was ja, fairerweise muss man das sagen, bei seiner eigenen Flaute, seinem ganz persönlichen Konkurs also, noch verständlich gewesen wäre, nein, er hatte ihn auch noch geschluckt oder treffender: nicht mit einer, sondern beiden Händen an sich gerissen, praktisch doppelt grabschender Gier, und ebenso doppeltem Appetit heruntergeschlungen, zweimal rülpsend und zweifach gleichgültig, ob er vergiftet war oder nicht. Erkki bekam Bauchschmerzen, Bauchschmerzen für zwei. Vermutlich war der Chefredakteur ganz allein hier und es gab gar keine Angestellten, geschweige denn eine Redaktion. Wenn er das Kloputzen ablehnte und gehen wollte, würde er feststellen, dass die Tür verschlossen war, der Redakteur würde schallend anfangen zu lachen und lange spitze Eckzähne entblößen.

Aber was war die Alternative? Genau. Die Berufsschule in Hyvinkää. Er sah geschwänzte Dämonen in Känguru-Jacken über den Pausenhof huschen, deren Kapuzen tief ins Gesicht gezogen waren, sie trugen Turnschuhe, die absichtlich nicht zugeschnürt waren, und konnten nichts hören, weil sie Kopfhörer aufhatten. Die ohne Walkman (hießen die Dinger überhaupt noch so?) bewarfen sich mit Büchern und aßen Chips oder aßen Bücher und bewarfen sich mit Chips und unterhielten sich während des Unterrichts, der aus unerklärlichen Gründen immer noch, markiert durch das Signal eines Gongs, in eine Pause überleitete. Das war unnötig, Pause und Unterricht waren ein und dasselbe, Relikte, Begriffe einer anderen pädagogischen Zeitrechnung. Einstmals unterschieden sie sich qualitativ voneinander: die Pause war toll, der Unterricht scheiße, sie schlossen sich aus, so wie Mann und Frau, Hund und Katze, Lehrer und Schüler, heute jedoch war alles eins: Ost und West, Leben und Tod, hinten und vorne, und man wusste nicht, ob man sich darüber freuen oder vor Angst in die Hose machen sollte. Den Gong störte das nicht, er erklang trotzdem, es war direkt unheimlich. Hyvinkää war das Inferno, Armageddon, der Schlund, Erkki wusste das, eine Rückkehr saß nicht drin, unter gar keinen Umständen, – dann lieber vom Redakteur-Vampir gebissen werden und bis in alle Ewigkeit Toiletten putzen. Er bemerkte, nicht mit Entsetzen, eher mit Verwunderung, dass ihn dieser Gedanke völlig kalt ließ.

»In Ordnung«, sagte er müde, »aber nur vorübergehend.«

Der Redakteur zog vertreterschnell einen vorgefertigten Vertrag aus der Schublade, in dem sogar geregelt war, welchen Preis die WC-Reinigungsmittel nicht überschreiten durften. Erkki unterschrieb mit einem billigen Plastikkugelschreiber (das Emblem der »Hanko-Zeitung«, ein lachender Leuchtturm, prangte darauf), den der Chefredakteur aus einer alten Teetasse kramte. Die Zeitung ist am Ende, dachte Erkki und erinnerte sich an ein Werbeplakat, das er in Hyvinkää gesehen hatte: Finden Sie einen Job, der zu Ihnen passt.

*

45

Eine Woche lebte er schon in der neuen Wohnung, die Teil eines Gebäudekomplexes aus den fünfziger Jahren war. Verglichen mit der Riihimäki-Wohnung war sie schäbig: Die Fenster waren schlecht isoliert, Bad und Küche winzig, es gab keinen Balkon, allerdings gefielen ihm der Parkettboden und der kurze Weg zur Arbeit. Und dann war da das Meer. Es umschäumte Hanko von Süden, Westen und Norden, keine zwei Minuten aus der Wohnung und er hatte Salzgeruch in der Nase. Erkki liebte die See. Er fand den Satz »Ich geh noch kurz zum Strand«, mit dem er seine Ex-Freundin am Telefon ärgerte, sensationell, er meinte, das habe so was Zitronig-Mediterranes, so was Olivig-Unbekümmertes. Er und Mervi hatten gelegentlich noch Kontakt. Jetzt, nachdem der Druck, eine Beziehung führen zu müssen, weg war, – ein Druck, den sie selbst aufeinander ausgeübt hatten, das musste man ehrlicherweise sagen, da es beider erste, allererste Bindung war, eine Bindung, deren simple, aber kosmische Geschenke nicht umsonst gewesen sein durften, die nicht kampflos preisgegeben werden sollte und deren Ende naturgemäß doch einer emotionalen Katastrophe gleichkam, einer unter den Füßen weggerissenen Welt, – nun also, da dieser ganze Beziehungsdruck weg war, konnten sie es sich leisten, einfach nur Freunde zu sein. Riihimäki war das Gestern, das Überwundene. Hanko war Aufbruch, Neubeginn, Wende.

Hanko war aber nicht nur als Symbol praktisch, sondern überhaupt. Alles war überschaubar, alles lag in der Nähe: Post, Bank, Bücherei jenseits der Brücke, Rathaus, Kino, Sportplatz und Supermarkt auf der anderen Straßenseite. Erkki hatte noch nie ein Auto besessen, was ihn bei seinen Freunden zum Außenseiter machte, zum Freak und mönchischen Verweigerer; dabei hatte das mehr mit Geld zu tun oder richtiger: dessen Abwesenheit, die Folge immenser Kreditrückzahlungen war, Kredite, die er allesamt verbraten, wenn er Wortspiele nicht so blöd gefunden hätte und ehrlich war, hätte er auch sagen können: versoffen hatte, und die eigentlich »zur Unterhaltung seines Studiums« vorgesehen waren, wobei er, dazu fand er Wortspiele dann wieder ganz gut, gern argumentierte, dass so ein Studium in all seiner Humorlosigkeit und Vergnügungsunlust Unterhaltung ja gar nicht nötig hätte, er selbst aber, hicks, um so mehr, was natürlich nicht nur ein schwaches Wortspiel, sondern auch totaler Quatsch war. Das wusste er auch. Deshalb fand er Wortspiele ja auch so blöd und benutzte sie selten. Hier in Hanko, wo sowieso die Hälfte Schwedisch sprach, brauchte er das auch gar nicht, genauso wenig wie ein Auto. Er fühlte sich also rundum befreit.

Toll war auch, dass man sich am Wochenende nicht den Kopf darüber zerbrechen musste, in welche Kneipe man ging. Es gab nur eine, eine gute jedenfalls. Erkki hörte dort Legenden vom »Casino«, einer Bar unten am Strand, in der im Sommer die Hölle los sei, man munkelte von gewaltigen, ausschweifenden Festen und Konzerten mit Prominenz. Er glaubte das gern, momentan hielt das »Casino« jedoch Winterschlaf und glich verdächtig einem Spukschloss, in dem ein paar Gespenster mit Fünf-Liter-Kanister und Mundharmonika feierten, ob sie prominent waren, wusste er nicht.

Und dann die Möwen. Überall waren Möwen. Möwen, Möwen, Möwen. Möwen liebte er auch. Sie waren Teil der maritimen Gesamtatmosphäre, ohne sie ging es nicht. Da waren niedliche, entenkleine und bedrohliche, albatrosgroße, sie kamen aus dem Morgennebel, draußen von den Schären, segelten, kurze, abgehackte Schreie ausstoßend, zwischen den rot und gelb gestrichenen Holzhäusern hindurch, die Straßen und Kopfsteingassen entlang, folgten dem von Osten, aus tiefstem Nadelgrund kommenden Schienenlauf nach Westen hin, zum Strand, schossen, paarig, auch hochzahlig gruppiert, am Leuchtturm vorbei, den mattgrauen Finger des Kirchturms hinauf und fielen, kreischend schließlich, über Marktplatz, Meerfisch und Mülltüten her. Erkki dachte an Hitchcock. Am Wochenende vor Arbeitsbeginn machte er einen ausgedehnten Spaziergang durch Hanko und Umgebung. Die Stadt glich auffällig einem südenglischen Küsten-Seebad, er erinnerte sich an Postkarten aus Portsmouth, die ihm Mervi während eines Auslandssemesters geschickt hatte. Alles fieberte dem Sommer entgegen, die Cafés, die Hotels, die Geschäfte an der Strandpromenade, in zwei Monaten würde man Hanko nicht wiedererkennen. Erkki hörte die Glocke eines Eiswagens, schreiende, planschende Kinder, warnende Rufe besorgter Eltern, er roch Sonnenschutzcreme, Picknickkörbe und benutzte Windeln. Und dann dachte er an den Arbeitsvertrag. Er schlief unruhig in dieser Nacht.

*

Die Redaktion des Hanko-Büros bestand aus drei Leuten, die ständig da waren. Erkki hatte damit gerechnet, etwas Kleines vorzufinden, das Geldnotgezeter des Chefredakteurs lag ihm noch jetzt in den Ohren, doch dieser Rationalisierungsexzess erstaunte ihn.

Da war Svante, ein neunundfünfzigjähriges Hanko-Fossil, schwedischsprachig, kannte alle, alle kannten ihn, er verkaufte Anzeigenraum und hing den ganzen Tag an der Strippe, Erkki konnte sein tiefes Gebell schon hören, als er die Eingangstreppe herunterkam. Für den journalistischen Teil sorgten Suvi, eine achtundzwanzigjährige, ehrgeizig-aufstrebende Studienabsolventin, deren Muttersprache ebenfalls Schwedisch war und die ihr Engagement fürs Hanko-Blatt mit den Worten »Fronterfahrungen sammeln« umschrieb, und Lasse, der in der Zentrale in Huhmari schrieb und alles per E-Mail sandte, ein Phantom sozusagen, keiner hatte ihn je gesehen. Und Nummer drei war er selbst, Übersetzer, Teilzeitreporter und Putze. Huhmari oder »das Zentrum des Bösen«, wie Svante es nannte, lag in der Nähe von Helsinki, also weit weg, dort war die Druckerei und das Büro des Chefredakteurs Ahonen, den alle hassten. Ja, sie hassten ihn. Beim Vorstellungsgespräch, das im Hanko-Büro stattgefunden hatte, wirkte der alte Mann zwar etwas selbsteingenommen, erinnerte sich Erkki, wäre er ein böser Mensch, was nicht aus purer Effekthascherei, die Möglichkeit seines Böseseins offen lassend so dahergesagt sein soll, sondern nur ausdrücken soll, dass es bezüglich Ahonen durchaus Menschen härteren Urteils gab, dann hätte er vielleicht gesagt, affektiert und eitel, aber hier, vom Personal, da haben wir's, wurde das Bild eines Tyrannen gezeichnet.

»Du kennst ihn nicht«, meinte Suvi, nahm ihre schwarze Baseball-Mütze ab und erneuerte den Zopf ihres früherntebonden, unaufdringlich, vermutlich natürlich gelockten Haares, das ihr, gelöst, etwa bis zum Kinn reichen mochte, »noch nicht«. Er ruft ständig an und nörgelt rum, nie ist was gut genug. Ich sitze hier oft bis nachts um zwölf und bin nicht selten am Wochenende im Einsatz, und bei aller Bescheidenheit glaube ich, dass ich keinen Müll abliefere, aber nichts reicht ihm. Der feuert uns alle regelmäßig.«

»Ja«, nickte Svante, »aber dann merkt er, dass keiner sonst den Mist machen will, und stellt uns alle wieder ein. Die Leute hier in Hanko kennen ihn, niemand, wirklich niemand außer uns Idioten«, Blitzgeäder aus Suvis erzürnten, finnisch schmalen Augen (es war schwer zu sagen, ob die natürliche, praktisch ohnehin schon vorhandene finnische Schmalheit durch die Erzürnung noch verstärkt wurde oder nicht), »arbeitet für Ahonen.« Erkki seufzte.

»Alle drei Konkurrenzblätter«, fuhr Svante fort, »also ›Der Küstenkurier‹, ›Hanko-Morgen‹ und die rein schwedischsprachige ›Östra Nyland‹, bestehen aus ehemaligen Mitarbeitern der Hanko-Zeitung. Die haben die Schnauze voll gehabt und bringen jetzt ihr eigenes Ding raus«, er sprang für sein Alter erstaunlich flink auf und schlug sich gegen die Stirn – warum er dazu aufstand, war ein Rätsel. Erkki vermutete, er wolle einfach ein bisschen Aufmerksamkeit. »Und für die sollten wir jetzt arbeiten, statt hier zu knechten und zu fronen, als gäb's keine Gewerkschaft.« Er ließ sich einfach fallen, Erkki glaubte, der Stuhl würde zerbersten, – nicht nur, weil Svante etwas fett war, sondern auch, weil der Stuhl das gleiche schwächelnde Stuhllehnenjammermodell wie das des Chefredakteurs war, vielleicht, glaubte er, zerbarst er auch schon kurz vorher, einfach vor lauter Angst zu zerbersten.

Der Stuhl hielt trotzig und belehrend und Svante goss sich auftrittsmüde Kaffee ein, hochschwarzen, wild dunstenden, den er nicht süßte, sondern verlanden ließ (Erkki glaubte bereits, eine kleine Zuckerinsel im Schwarzmeer zu erkennen) und abschließend mit zwei kopfschüttelnd unsinnigen Tropfen Tütenmilch vermengte. »Ich überlege manchmal, dasselbe zu tun, Hochverrat würde Ahonen das nennen, aber wenn ich schlecht gelaunt bin, stelle ich mir sein Gesicht vor, wenn er erfährt, dass ›Der Strandbote‹, guter Name, was, Rekordabsätze macht. Aber ich bin kein Journalist, leider, eigentlich Kaufmann, und ...«

»... außerdem hast du kein Startkapital«, unterbrach ihn Suvi und schob sich zwei zahnarztpraxenweiße, minzmüffelnde Xylithol-Kaugummis zwischen die kräftigen, etwas wölfischen Kiefer, »wovon willst du die Drucktechnik bezahlen? Du hast ja nicht mal das Geld für einen Scanner oder einen Kopierer, du könntest dir höchstens eine Digi-Kamera leisten und hübsche Bilder vom Sonnenuntergang machen, das wäre alles. Und schließlich musst du auch Leute haben, die für dich arbeiten, du bräuchtest ein paar motivierte Jungjournalisten, welche mit frischen, frechen Ideen, und die würden einige Euro mehr verlangen als asketische Weltverbesserer wie ich.« Sie klopfte ihm kumpelhaft auf die Schulter. Erkki wurde zum ersten Mal bewusst, wie gut sie aussah. Er hatte sich die ganze Zeit gefragt, an wen sie ihn erinnerte, aber es fiel ihm nicht ein, vermutlich gab es niemanden; sie wirkte weniger greifbar auf ihn, diffuser, verschwommener, wie der Ausgleich eines unbewussten oder zumindest halbbewussten Mangelzustandes, etwas, dessen Abwesenheit ihn immer undeutlich geschmerzt hatte, etwas, von dem er ahnte, nur ahnte, dass er es brauchte oder wollte, aber nicht wusste, wie es aussah, bis es vor ihm stand.

»Weiß ich ja«, jammerte Svante, es klang ein bisschen wie die Stuhllehne, »doch das Hauptproblem ist, dass niemand zum fünften Mal – auch wenn's gut geschrieben ist – lesen will, dass die Leiterin des Altenheims verabschiedet wurde oder der finnischsprachige Kindergarten letzten Monat zwei Neuzugänge mehr hatte als der schwedischsprachige. Themen, das ist es, wir haben keine Themen in diesem Nest.«

Suvi glitt zu ihrem Schreibtisch zurück, ja, sie glitt, fand Erkki, ihre Bewegungen hatten etwas Geschmeidiges, Raubtierhaftes; sie selbst merkte natürlich überhaupt nichts davon, sondern ging einfach, ihre Mutter fand sogar, ganz allgemein und im Gegensatz zu Erkki, dass sie nicht glitt, sondern stakste, stakste wie ein betrunkener Matrose, nun, sie ging also zu ihrem Schreibtisch zurück und verschwand hinter einer Trennwand. Erkki fand das schade. »Das sehe ich anders, Themen gibt's genug, es müsste nur anders darüber berichtet werden, deine Zeitung müsste sich von den anderen unterscheiden, abheben, stilistisch und konzeptionell, sie müsste über ihnen thronen.« Ihre Stimme wehte königlich aus dem Off. »Du könntest ironischer werden, bissiger, oder politischer oder alles zusammen und gewitzte Kommentare hinzufügen, ach, man könnte so viel machen.«

Svante schüttelte den Kopf, das Atoll seiner Halbglatze glühte, studiorot und graufädrig umwaldet, im Lampenschein. »Das wird nichts, Suvi, man kann hier nur als klassisches Lokalblatt überleben«, er nahm sich eine Handvoll Kekse aus einer kindlich mit Ankern und Seejungfrauen bemalten Dose, »die Leute wollen keine Meinung oder alternatives Geschreibsel, sondern die Termine für den Bridge-Klub, einen Bericht von der Sommerregatta und eine Zusammenfassung der Sachschäden vom Ersten Mai.« Er ging zum Schrank und fütterte liebevoll pflegerisch die Kaffeemaschine.

Die Suvi-Stimme erklang wieder: »Letztlich scheitert alles an den finanziellen Mitteln, ich sag's euch. Nimm doch das Ahonen-Imperium, da wird schon seit Jahren gekürzt, und zwar an der falschen Stelle. Hey, das wirst du nicht glauben«, sie glitt, kam, stakste hinter der Trennwand hervor und wandte sich an Erkki, der sich darüber freute, »dein Vorgänger musste hier doch tatsächlich das Klo putzen, na, ist das beknackt?« Sie nahm ihre Brille ab, ein unaufgeregt normales, dünnglasiges Rahmenmodell, und hielt ihm ihr splitterfaserhübsches, naturnacktes Gesicht entgegen, auffordernd lachend obendrein. Erkki schluckte. Dann massierte sie sich mit halb geschlossenen, lasziv nach oben verdrehten Augen die Druckstellen an der Nasenwurzel, Erkki sah zur Seite, obwohl er fand, die Druckstellen stünden ihr. »Drei Monate hat er das mitgemacht, dann war Schluss und er ist gegangen. Erinnerst du dich noch an Pasi?« Sie hatte den Kopf kurz zur Seite gelegt, Erkki sah ihr angespanntes, leicht angeschwollenes Sehnengeflecht, das sich vom Ohr her, über Nacken und Hals ästelnd, irgendwo, schmerzlich ungesehen und geheim, im Schatten ihres T-Shirts, in birkenstammweiße Haut grub. Die Frage wehte zu Svante, dessen Antwort im Dampfgeröchel des Kaffeeapparates erstarb. »Dabei sind wir für den miesen Zustand des WC gar nicht verantwortlich, wir benutzen es nämlich gar nicht, denn …«, ihr dreieckiges, sommersprossenblühendes, jetzt wieder gnädig bebrilltes Gesicht mit den hohen, massiven Wangenknochen verzog sich zu einer bösen Grimasse,»… es entspricht nicht, also, wie soll ich es sagen, nun, den herkömmlichen hygienischen Standards.«

»Ja, genau, es sieht zum Kotzen aus.« Svante kam mit Kaffeetassen hinzu und stellte auch eine vor Erkki. Er goss ohne zu fragen ein, Kaffee abzulehnen schien so inakzeptabel, wie Ahonen sympathisch zu finden.»Ich habe Suvi gleich geraten, lieber das WC im Mittagsrestaurant zu benutzen, das ist sicherer. Man holt sich nur merkwürdige, schmerzhafte Infektionen hier, richtig böse Sachen. Letztens hab ich mit Mikko gesprochen, der ist Arzt für Haut- und Geschlechtskrankheiten in Hanko und hat früher …«

»Genug«, sagte Erkki,»ihr wisst es nicht, oder?«

»Was denn?«, sangen Svante und Suvi gleichzeitig im Chor ehrlicher Überraschung.

Erkki setzte sich an einen Tisch, auf dessen Oberfläche Stapelstädte unverkaufter Hanko-Zeitungen in die verbrauchte Büroluft ragten, Leuchttürme grinsten druckschmierig, hundertfach und schwarz; er nippte vorsichtig am Kaffee und musste augenblicklich husten (er war viel zu stark, beduinisch zurückhaltend bewässertes Koffeinkonzentrat mit Kaffeearoma, warum taten die sich das an?). Er sah erschöpft aus.»Ich dachte, ihr würdet mich verarschen, aber ihr scheint tatsächlich keine Ahnung zu haben. Um es kurz zu machen: Ich habe mich vertraglich verpflichtet, das Klo zu putzen. Punkt. Fragt mich nicht, warum, aber es ist so.«

Die beiden schwiegen ausdauernd und mitfühlend. Dann begannen sie zu trösten.»Es ist nicht deine Schuld«, meinte Suvi,»Ahonen kann das, er hat so eine suggestive Art. Er redet und redet, plötzlich zaubert er einen Zettel aus dem Nichts und – zack! – hat man eingewilligt, den Druckereifußboden die nächsten drei Jahre sauberzulecken.«

»Er ist ein Rattenfänger und Manipulator«, bestätigte Svante und versuchte ein aufmunterndes Lachen. Als es nicht zündete, kramte er nach etwas anderem, meinte, es gefunden zu haben, und fügte an:»Und zu Hause grinst einen im Spiegel ein Eselkopf an, wie in den Warner-Zeichentrickfilmen aus den Fünfzigern, nicht?« Niemand lachte, nicht mal ein Cartoon-Esel, nur Svante selbst, kurz und halsbrecherisch, dann begreifend drosselnd, etwas ruckelnd, dann stand er, er wurde ernst.»Dann weiß man, dass es zu spät ist.«

Erkki hasste das Mitleid anderer, es machte alles nur noch schlimmer. Er wollte es gleich hinter sich bringen, vorher konnte er keine einzige Zeile übersetzen.

»Ich zeig dir, wo der Putzschrank ist«, sagte Suvi,»ich geh auch mit runter in den Keller und zeig dir, wo die, also, die Örtlichkeiten sind, aber reingehen, nein, das tu ich nicht, sorry, das kann keiner von mir verlangen.« Ihre Stimme begann leicht zu vibrieren, zu klirren, ein leises Schluchzen flatterte ihre Brust herauf.»Ich hab das einmal gemacht, damals, und …«

»Es ist gut, Suvi.« Svantes Bärenhand legte sich warm und väterlich auf ihre Schulter.»Bleib nur, ich mach das.«

Erkki folgte ihm in den hinteren, etwas abgewinkelt und vom Lampenschimmer unerreicht gelegenen Teil der Redaktion, wo er unter Gepolter eine alte Besenkammer öffnete, in der, nach Aufschrecken einer nackten Fünfundsiebzig-Watt-Birne, ein Eimer, mehrere Schrubber, eingetrocknete Lappen und eine Bar matter WC-Reiniger-Flaschen zum Vorschein kamen; im oberen Regal lag eine neue Tüte Gummihandschuhe, Erkkis Laune besserte sich verhalten. Svante gab ihm ein Zeichen und sie stiegen eine knarrende, mit antikem Messinggeländer versehene Treppe hinab, die zu zwei alten Holztüren führte. Auf der einen, grau gestrichenen, beeindruckte, mitunter akribisch akzentuiert, die Darstellung eines unbeschwert lachenden, vor sich hin pinkelnden Mannes mit Hut, Krawatte und – nicht zu vergessen – gewaltigem, erigiertem Penis, – einer Art explodierendem Fleischrohr, das in alle Richtungen streute; die andere, offensichtlich die zum Damen-WC, war fast vollständig schwarz, sie war so mit Klosprüchen und Kritzeleien übersäht, dass man ihre ursprüngliche Farbe nur von der des Herren-WC ableiten konnte. Die Zeichnungen darauf waren beängstigend, Erkki sah, dass deren Obszönität die der Phallus-Malerei bei weitem übertraf, ja einen Grad erreichte, den er so nicht für möglich gehalten hatte, und die zartbesaitete Gemüter sicher hier und da zum Besuch des Männerklos verleitete. Es war, als hätten ganze Stammbäume von Irren diese eine Tür zur Projektionsfläche ihrer Phantasien erkoren, als wäre das Wissen um dieses Holz, beginnend beim Ur-Irren in wilder, mondbleicher Steppe, weitergereicht worden, von Feuer zu Feuer, Brut zu Brut, Generation zu Generation, um hier im Hanko-Keller, komprimiert zum Gesamtkunstwerk einer Toilettentür, seine schicksalhafte Vollendung zu finden. Erkki stellte sich eine behaarte, zittrige Hand vor, die im Halbdunkel von Zeit, Keller und Wüstennacht einen Filzstift oder Zebrazahn oder irgendeinen Griffel umfasste und von einem löchrigen Hirn Befehle erhielt, Linien und Kreise zu ziehen, die sich langsam zu etwas Namenlosem fügten. Er würde so eine Hand nur ungern schütteln. Da gab ihm Svante, hinterrücks und nebelplötzlich, seine: »Ab jetzt bist du auf dich allein gestellt.«

*

Svante schlurfte langsam nach oben zurück. Als er ins Büro kam, sah er, dass Suvi aufgeregt am Telefon hing, ihr Gesicht errötete und erblasste gleichzeitig vor Wut. Ahonen!, formte sie tonlos mit den Lippen, rollte mit den Augen und hieb einen Kinnhaken in die Luft. Dann klingelte sein Telefon, jemand war unzufrieden mit dem Werbeschriftzug in der Dienstagsausgabe, viel kleiner als vereinbart sei alles gewesen, zeterte die Stimme, und darüber hinaus gäbe es, wie solle man das nur den Kunden erklären, peinliche Schreibfehler, ganz recht, und das nicht zum ersten Mal. Svante entschuldigte sich emsig ergeben, behände beißende Bücklinge buckelnd, Besserung bejahend verneinend, Wiedergutmachung wimmernd und ließ gleichzeitig lässig-langsam einen Zahnstocher durchs Gebiss rollen. Routinearbeit. Dann ging er wieder zur Kaffeemaschine, goss sich ein und packte eine grüne, langhalsige Flasche aus einem Karton. Suvi knallte den Hörer auf, sie brauchte Luft, einen Kaffee, Zahnstocher, vor allem Svantes Routine. »Beeil dich«, sagte sie, »er kommt gleich.«

*

Er trat vorsichtig gegen die Tür, die sofort, ohne Protest und Gemecker, aufschwang, lautlos leicht, in geölt-gleitender Gelenkigkeit, stummer Kooperation. Er sah schemenhaft, dass im Vorraum, dem Purgatorium, zwei Waschbecken und ein Handtuchautomat hingen, dann folgte der Hauptraum, die Grube, der Krater, die Gruft, das Ende aller Hoffnung. Erkki nahm den Eimer wie einen Schild in die Hand, legte Lappen und Putzmittel hinein, zog sich die Schutzhandschuhe über und stieß die zweite, unbekritzelte Tür mit der Lanze seines Schrubbers auf, er erwartete Flammen, Rauch und Gelächter, schloss die Augen und betrat die Krypta.

Innen öffnete er sie, langsam, eins nach dem anderen, um den Schock zu mildern, und sah, blinzelnd und freudegeschüttelt, dass er im wohl reinlichsten, wohlriechendsten WC stand, das er in seinem immerhin schon zweiunddreißig Jahre dem Unvermeidlichen entgegenlaufenden Leben gesehen hatte. Die Sonne warf lange, staubflockenumschneite, gedrittelte Strahlen durchs Fenstergitter, die ihm Brust und Arme wärmten, Licht ergoss sich in Kübeln über die klinisch klare Gesundheit des Kellerbodens, reflektierte verschwenderisch und warf sich in sein Gesicht, das er schnurstracks und beidhändig bedeckte, Schild und Lanze polterten zu Boden. Die Toilettenkabinen, linksseitig angeordnet, drei, ganz genau, unterliefen, oben offen und frei, das Strahlengezänk, aus ihnen duftete es frisch, keimtot und zitronig vital, ein Geruch wie Waschmittelwerbung; ihr Zustand war eine Vollendung, ein Geschenk, eine Symphonie, sie waren maßlos sauber, überschwenglich, nahezu kaputtgeputzt. Erkki taumelte zurück ins Purgatorium, jemand hatte kantige, moosgrüne Seifenstücke auf die Emaille-Waschbecken gelegt, nicht erst jetzt, wohl schon früher, er hatte es nur nicht bemerkt. Die Spiegel waren so sauber, dass man Preisschilder dahinter vermutete, Erkki sah keine wiehernden Esel darin, sondern in unzweifelhafter Schärfe, etwas blöd glotzend, sich selbst, keine Symphonie das, aber dennoch ein Geschenk. Er klaubte seinen Harnisch vom Boden, verließ Kachelweiß und Zitronenzauber und hüpfte die Treppe hinauf.

Im Büro angekommen, entlud sich die Freudenlast: »Hey, ich hab Neuigkeiten, das …«

»… Bad ist sauber, trara!«, trompeteten Suvi und Svante zugleich und ließen die Sektflasche explodieren. »Herzlich willkommen bei der Hanko-Zeitung, der Redaktion mit den saubersten Toiletten im gesamten finnischen Südwesten!« Er bekam flugs ein Glas in die Hand gedrückt, das unkontrolliert zugeschäumt wurde, die Hälfte verließ das Glas sofort wieder und leckte klebrig in seinen Hemdsärmel. Die Flasche selbst freute sich, weiß und wild, überschäumend sozusagen, und klatschte zischende Pfützen aufs Linoleum, Erkki konnte das Etikett nicht erkennen.

»Ihr miesen, hinterhältigen … ach vergesst es, Skål!« Gläser schwenkten auf und ab, hin und her, klirrten hell aneinander und entleerten sich in lachende Münder. Erkki war immer noch perplex, so perplex, dass er eine Weile nur schwieg und trank, während die anderen schnatterten und unter unentwegtem Skål die Köpfe zueinander beugten; dann sprang ihm ein Satz über die zuckerpelzige Zunge: »Ist das ein Komplott, das dieser Ahonen geschmiedet hat, oder wie?«

Svante verschluckte sich. Sekt perlte sein gedoppeltes, altmännerherb mit gräulichem Fünftagestoppel aufgemotztes Kinn entlang und mäanderte weiter, den Hals hinab, in tiefere Regionen. »Spinnst du? Der hat keine Ahnung davon, der glaubt garantiert, du wischst da unten, was die Lappen halten. Nee, wir hatten so ein schlechtes Gewissen damals, als dieser Pasi, dein Vorgänger, aufgehört hat, dass wir seitdem aus eigener Tasche eine Putzkraft bezahlen. Suvi und ich legen jedes Mal zusammen. Ahonen würde keinen Cent ausgeben für so was, der hat den Raum da unten erst verkommen lassen und dann, als Klagen drohten, einfach die Neulinge runtergeschickt. Chronisch charakterlos der Mann. Auch Pasi kriegte den Kittel an, er war ziemlich fertig nach drei Monaten.«

»Und ist das ein Wunder?« Suvi tippte sich heftig gegen die Stirn, sie stach fast. »Pasi hat Schwedisch an der Uni studiert, in Tampere, glaube ich, der hatte einen Master in der Tasche, Herrgott, und Ahonen, der sogar sein Abitur vor fünfzig Jahren vergeigt hat, wie man munkelt, hat keine Skrupel, ihn schrubben zu lassen, das muss man sich mal vorstellen.«

»Stimmt. Aber er brauchte die Kohle, sagte er«, fuhr Svante fort, er trocknete sich mit einer alten Weihnachtsserviette den Hals, Erkki sah rotmündige Weihnachtsmänner mit unmündigen Kindern unter dunklen Tannenbäumen spielen, »und weil er gerne übersetzte und sonst keinen Job fand in der Eile, dachte er, er könne die Kröte schlucken, es sei auch nur vorübergehend, hatte Ahonen versichert. Aber das Putzen hat ihn fertig gemacht, richtig zermürbt hat es ihn. Pasi wurde immer leiser mit der Zeit.«

Suvi schenkte allen ein neues Glas ein. Sie spürte, wie abenteuerlustiger Alkohol mit Sack, Pack und Prozenten ihre Wirbelsäule erklomm und begann, ihrem Gehirn, schwindelfrei und enthemmt, Witze zu erzählen, Erkki fand sie angetrunken lustig, sie bekam so einen verwegenen Blick. »Und dann ist er einfach nicht mehr gekommen«, sagte sie, »aus, vorbei, von heute auf morgen. Ahonen hat getobt, weil keiner die Übersetzungen machen konnte. Mein und Svantes Finnisch ist nicht so besonders und Lasse in Huhmari spricht kein Wort Schwedisch, da klaffte plötzlich ein gewaltiges Loch hier.« Sie setzte sich, ihr war etwas schwindelig.

»Er war nicht mehr auffindbar, blieb einfach weg. Keiner von uns hat ihn je wieder gesehen, noch Sekt?« Svante bedrohte Erkki mit vorgehaltener Flasche, der winkte ab. »Und da du«, er lächelte barmherzig zu Suvi herab, »genug hast für heute, entsorge ich hiermit.« Er setzte kurz an, warf den Kopf in den Nacken und ließ den Flaschenrest unspektakulär schnell durchlaufen, Erkki sah, dass sein Kehlkopf großzügig den Eingang räumte, ohne in frenetisches Hüpfen zu verfallen, dann nahm er die Flasche, kratzte sich etwas Silberpapier aus dem Mundwinkel und legte sie behutsam, fast zärtlich ins Plastikstroh der Kartonkrippe zurück. »Wo war ich stehen geblieben? Ach ja, er blieb also verschwunden, der Pasi, hat nie eine offizielle Kündigung geschickt oder Forderungen wegen seines letzten Lohns gestellt. Nichts. Er hat nicht mal seine Aktentasche abgeholt«, er deutete mit dem Kinn zur Fensterbank, »da liegt sie noch, unberührt.«

Erkki trat zum Fenster und blickte auf ein altes, krokodilledernes Etui, das neben allerlei Schmierpapier und ausrangiertem Bürogerät lag. Ein tolles Ding. Er fand, man könne bereits von der Eigenwilligkeit seines Äußeren, seiner schuppenhäutigen Unzeitgemäßheit, der sowohl Exotik wie Gefahr vermittelnden Reptilhaftigkeit, seiner anachronistisch-ominösen, feucht-dunkel ins Gestern spiegelnden Fossilhaftigkeit auf einen interessanten Inhalt schließen, wollte aber nicht fruchtlos herumspekulieren und hatte schon den mit unleserlichen, merkwürdig verkanteten Schriftzeichen versehenen Metallverschluss zurückschnappen lassen, als Svante nervös warnte: »Lass lieber, Ahonen hat verboten, dass wir darin rumstöbern.« Erkki war enttäuscht, Huhmaris Arm reichte entschieden zu weit. »Er war nicht sauer, dass Pasi auf seinen Lohn verzichtet hat, und da wollte er die Sache möglichst ruhen lassen, wäre eine Adresse aufgetaucht, hätte er handeln müssen und das wollte er nicht. Bei einer Rückkehr Pasis sollten wir die Tasche einfach aushändigen und ihn zu Ahonen schicken. Das war die Order.«

»Aber Pasis Adresse muss doch auch im Arbeitsvertrag aufgeführt sein«, warf Erkki ein. »Ahonen hätte die Tasche zurücksenden müssen.«

»Da siehst du, du kennst ihn nicht.« Suvi war aufgestanden und hatte die Sektgläser und Kaffeetassen in altes Geschirrspülwasser gelegt. »Wenn es um seine Verpflichtungen dem Personal gegenüber geht, macht er nicht mehr, als er unbedingt muss. Pasi war zum Schluss öfter umgezogen, es gab Unklarheiten wegen seines Wohnorts. Das kam Ahonen sehr gelegen, er hat sich einfach dumm gestellt. Die Bankverbindung hat er natürlich gehabt, aber zahlen wollte er nicht, er meinte, Pasi sei vertragsbrüchig geworden, weil er nicht förmlich gekündigt hätte. Damit war für ihn die Sache erledigt.«

Svante krempelte sich die Strickjackenärmel hoch und machte sich brummend an den Abwasch. »Dabei schuldete er ihm einen kompletten Monatslohn.« Seine grobsehnigen, mitunter weiß behaarten Unterarme (Erkki sah eine Tätowierung darauf, Nixen und Anker, die denen der Keksdose glichen) durchwühlten die Unterwasserwelt des Waschbeckens. »Und seine Adresse hätte er kinderleicht über die Auskunft kriegen können.« Sein Gesicht zersprang plötzlich, die Stirn warf wulstige Falten, der Mund spannte und riss ein zungenrotes, zahnrandiges Loch zwischen die Wangen:»Scheiße!«, quiekte er und riss eine verkrampfte Faust empor, deren Daumen, rot pulsierend, zu einem unpassenden Okay-Zeichen abstand. Ein Sektglas war zerbrochen, unter der Last von Missmut und täppisch fischenden Pranken, Letzteres hatte wohl den Ausschlag gegeben, Svante setzte sich und nuckelte trotzig am Daumen, während Suvi ein Pflaster aus dem Arzneischrank holte.»Ahonen ist gar nicht hier«, sagte er, mehr zu sich selbst,»und trotzdem läuft alles schief.«

»Armer Schwerverletzter«, tröstete sie und umwickelte den antiseptisch vorbereiteten Patienten; dann wandte sie sich an Erkki:»Und als Pasi verschollen blieb, haben wir beschlossen, das Klo unten nie wieder versiffen zu lassen, deshalb die Profi-Putzhilfe, die wöchentlich kommt. Alles sollte so sauber bleiben, wie er es verlassen hat. Okay, das bisschen würden wir auch selber hinkriegen, außer uns benutzt keiner den Keller, aber ich kenn mich, ein Termin hier, ein anderer da, und schon hat man's wieder vergessen. Das wollten wir verhindern, denn Pasis Werk hat Anerkennung verdient, ganz im Ernst, Gott weiß, wie er das geschafft hat. Ich war ja damals mal unten, als ich hier anfing. Himmel, wir hätten Vorher-Nachher-Fotos machen sollen, was Svante? Als Beweis für die Nachwelt.«

»Als Beweis für die Nachwelt und für den Prozess vorm Arbeitsgericht, bei dem wir Ahonen den Arsch aus der Hose hätten klagen sollen. Ein Arbeitgeber hat doch auch Pflichten, oder nicht? Es gibt schließlich noch so was wie Menschenwürde.« Svante sah betrübt auf seinen Daumen, der sich langsam wieder rot färbte.»Pflaster, Schwester.«

*

In der nächsten Woche hatte Erkki hauptsächlich mit Suvi zu tun oder besser: sie mit ihm, denn sie unterwies ihn in Redaktionstechnik und machte ihn mit kulturellen Eigenarten, historisch, dadurch jedoch nicht unbedingt an Sinnhaftigkeit gewachsenen, oft sogar ausgesprochen dämlichen Sitten und Gebräuchen Hankos vertraut. Da gab es den »Tag der Schlafmütze«, an dem nicht nur irgendwer zu ebendieser erkoren wurde, sondern auch originellerweise in einer rumzulaufen hatte, und zwar den ganzen Tag, was wiederum nicht abschreckendes Beispiel für andere war, sondern Ansporn für ganz Hanko, Gleiches zu tun: Überall wimmelte und bommelte es von Pennern und Schläfern. Bei der Oberschlafmütze handelte es sich meist um eine lokale Berühmtheit oder jemanden, der es werden wollte, wer sein Verschlafen kontrollierte, war unklar, ebenso wie der Anlass des Ganzen überhaupt. Einmal Schlafmütze und berühmt oder berühmt und obendrein Schlafmütze kam jedenfalls die Ernüchterung: Man wurde grausam geweckt, für Müßiggang und Schlummer bestraft, wahlweise mit einem Eimer Wasser übergossen oder zum Baden im Casino-Brunnen veranlasst, wobei Letzteres beliebter war, da es, warum auch immer, Schlafmützigkeit und Berühmtheit noch unterstrich.

Suvi erzählte das alles mit der Distanziertheit des Großstädters – sie kam aus Turku –, ohne jedoch hochnäsig oder arrogant zu wirken, mehr gleichgültig-wissenschaftlich, wie eine Soziologin oder Anthropologin, die Feldstudien bei Ureinwohner betrieb; Erkki bewunderte ihre Professionalität, sie seinen Lerneifer. Die meiste Zeit jedoch bewunderte er sie, und das, was sie für eifriges Interesse an Zeitungsarbeit und Hanko-Riten hielt, war eigentlich nur Interesse an ihr. Seltsamerweise entwickelte sie im Gegenzug auch Eifer, einen seinem in nichts nachstehenden, ja sogar das übliche Maß überschreitenden, glaubte Erkki oder wollte es glauben, ihrer war, abweichend von seinem, Erklärungseifer, einer, der sich darin erschöpfte, dass sie ihm Dinge zum vierten, fünften, sechsten Mal erklärte, obwohl er versicherte, sie schon beim ersten Mal verstanden zu haben, doch doch, selbst er, auch wenn es nicht so aussähe (er tat sich mit technischen Dingen schwer, am liebsten bediente er nur Getränkeautomaten). Was bezweckte sie damit? Wollte sie nur sichergehen, dass alles klar war, oder war sie vergesslich? Oder, und das war Erkkis Lieblingsgedanke, wollte sie so Interesse an ihm signalisieren? Er fühlte sich überfordert und brauchte eine Pause, Fraueninterpretieren war kompliziert. Sein erster Termin kam ihm da gerade recht, er hatte am Nachmittag ein Interview mit einem Künstler, der alle, wirklich alle finnischen Leuchttürme in Aquarell gemalt hatte. Eine Affenarbeit. Erkki hatte Respekt vor so was. Er überprüfte gerade seine eilig zusammengeschusterten, systemfrei sortierten Fragen und löschte überschüssige Bilder der Digi-Kamera, als ein Mann hereinhetzte, der der Künstler sein musste: Er trug Vollbart, Halstuch, Schlapphut, eine vorn zebragestreifte, hinten getigerte Safari-Weste und sah mitgenommen aus.

»Kater«, entschuldigte er sich. »Bin ich zu spät?«

Erkki beruhigte ihn und begann mit den Fragen. Danach ging's durch seine Ausstellung, die Gott sei Dank nicht alle, sondern nur eine Auswahl der Leuchttürme zeigte.

Im Anschluss ging der Künstler wieder in die Kneipe und Erkki in die Redaktion. Er wollte den Artikel gleich fertigschreiben, jetzt, da der Eindruck noch frisch war und niemand ihn störte, Suvi war selbst unterwegs und Svante längst zu Hause. Bevor er sich an die Arbeit machte, gab er auch der Kaffeemaschine welche, achtete aber apothekerpenibel darauf, dass das Kaffeepulver in einem zumutbaren Verhältnis zur Wassermenge stand, Svantes Teer rumorte noch in den Tiefen von Erinnerung und Darmtrakt. Dann öffnete er Svantes Nixendose, entnahm einige marmeladenbesetzte Schmuckstücke und begann zu schreiben, die Kaffeemaschine näselte verschnupft im Hintergrund. Er hatte gerade den dritten Absatz fertig, den, der den Werdegang des Meisters ein wenig glättete, aufbauschte, frisierte, im Grund neu schrieb und den er, sozusagen als ernüchternd scharfen Kontrast, neben dessen verschwommenen, glasigen Blick setzen wollte, der von einem insgesamt schon verschwommenen, verwackelten Foto, also praktisch doppelt verschwommen, in den Äther flackerte und bei Erkki eine Art Phantomkater auslöste, als er ein Gurgeln von unten hörte. Sekundenkurz und folgerungsfalsch sah er zur Kaffeemaschine, dann erklang das Geräusch erneut, jetzt korrigierend klar aus dem Keller: Es war das Rauschen einer Klospülung, gefolgt vom plätschernden Wiederauffüllen des Wasserbehälters. Erkki ließ Computer und Kaffeemaschine in bürokalter Verwaisung und Dämmergelb zurück und trat an die Treppe, die sich zu den Katakomben hinabtraute. Die Hände am Geländermessing, forderte er Identifikation: »Svante? Bist du's? Suvi?« Zungestreckende Stille. Es war das ureigene, gottgegebene, ungeteilte Klo der Redaktion, umliegende Geschäfte und Büros hatten keinen Zugang – das hatte Suvi doch gesagt, so oder so ähnlich, oder nicht? Vielleicht war es die ruhmreiche Putzfrau, die die beiden engagiert hatten und die Pasis sauer erwienertes Werk verwaltete. Da könnte er ja gleich hinuntersteigen und mit ihr klären, wie's weitergehen sollte, laut Ahonen-Pakt war er ja nun der Mann fürs Grobe. Er hatte nie nach ihrem Namen gefragt und rief: »Hallo, Frau Putzfrau, sind Sie das?«, bis ihm auffiel, wie dämlich das klang. Und überhaupt: wieso Putz*frau*? Suvi und Svante hatten stets von Putzhilfe, Ahonen von Reinigungskraft gesprochen, theoretisch konnte da unten auch ein muskulöser, behaarter Zwei-Meter-Matrose bohnern, der die Heuer aufbesserte und gelegentlich Türen bekritzelte. Der Gedanke machte ihn nervös. Er dachte an Pasi und sein Verschwinden, und das machte ihn noch nervöser. Vermutlich war er da unten irgendwann durchgedreht, hatte angefangen, Stimmen zu hören, die ihm Befehle gaben, war ihnen gefolgt und irgendwo verunglückt; oder er hatte Schwein gehabt und war aufgelesen worden, von Polizei, Bergungstrupp oder irgendwelchen Hippietouristen, die im Busch hausten. Alles Mögliche konnte da draußen passieren. Wahrscheinlich saß er jetzt in irgendeiner Zelle, hungrig, frierend und bekloppt bis auf die Knochen, und zog sich ab und zu am Fenstergitter hoch, um mit geröteten, hervorquellenden Augen ins Nichts zu starren, vielleicht grunzte er dabei. Ach was, vielleicht hatte er einfach einen besseren Job gefunden und deshalb die Kurve gekratzt, die Wahrscheinlichkeit, dass ein anderer besser war als dieser, war angesichts der hiesigen Arbeitsbedingungen hoch, geradezu Gewissheit. Aber dazu passte nicht, dass er seinen letzten Lohn ausgeschlagen hatte, dauerklamm und schwachbrüstig, wie Suvi und Svante ihn beschrieben. Pasi hatte eine schwere Kreditgrippe, so viel war sicher. Erkki war da Experte, Mönch desselben Ordens quasi, und als Tilgungsgetriebener wusste er, dass man nie, nie, nie auf ein Monatsgehalt pfiff, nicht mal, wenn man tot war oder gaga. Tot? Er überlegte, ob nicht einfach Pasis Ableben, aufgrund von was und wessen auch immer, der Grund seiner hartnäckig und verbissen betriebenen, praktisch naturbedingt so erfolgreichen Abwesenheit war. Oder er war Opfer eines Verbrechens geworden, ganz schicksalhaft konkret; vielleicht hatte er den Matrosen beim Kritzeln überrascht (oder der ihn beim Überraschen) und zu spät erkannt, dass der weder Finnisch noch Schwedisch noch Spaß verstand, und war zur Strafe vergewaltigt worden, praktisch hinterrücks, und jetzt saß oder besser: lag er zu Hause, bäuchlings natürlich, und traute sich nicht raus, bis alle ausländischen Schiffe den Hafen verlassen hatten. Oder der Matrose hatte ihn gefunden, entführt und irgendwo auf einem nordafrikanischen Basar verkauft, man wurde ja echt bescheuert, wenn man so lange auf See war. Alles Quatsch, das wäre irgendwann aufgeflogen und man hätte Ahonen verständigt, außerdem war der Gedanke auch etwas weit hergeholt: Matrosen verdienten heute ganz anständig und hatten es nicht nötig, Redaktionstoiletten zu putzen. Erkki beruhigte sich wieder.

Er sah Pasi, der eine gigantische Erbschaft gemacht hatte, auf Ahonen, Ratentilgung und Alltag pfiff und irgendwo unter Palmen, auf einer abgelegenen, nicht verzeichneten Koralleninsel von pedantisch unbekleideten Nymphen massiert wurde, während er an einem hochprozentigen, supermannanzugblauen Longdrink mit Orangenscheibe nippte und nur so aus Blödsinn Hemingway ins Schwedische übersetzte.

Er stand jetzt am Höhleneingang. Über ihm grinste der Phallus-Mann, links daneben hochpathologisches Generationengraffiti. Innen schloss eine Tür, Pause, dann hörte man wieder das Donnern der Niagara-Spülung. »Hey verdammt, wer ist denn da? So antworten Sie doch!« Seine Stimme klang belegt, ihr Timbre hatte Angst angesetzt, – eine Angst, die aus der Nässe von Darmgewühl und Magen die Speiseröhre hinauffrostete und schon hier und da dünnhäutige, tonverzerrende Vertiefungen gebissen hatte. Er sehnte sich nach einer graugesichtigen, runzligen, gütigen Großmutter mit Gelbkittel, Kopftuchturban und guter Laune oder wenigstens ihrer Antwort, meinetwegen auch der eines schwitzenden Matrosen mit Filzschreiber, Hauptsache der eines Menschen. Aber nichts, nur auslachende, schenkelklopfende Stille. Erkkis Körper wurde mit Gänsehaut tätowiert, haarsträubend komplett, kräuselnd überschichtet mit dermatologischen Kratern – er wollte weg, und zwar sofort, nach oben rennen, die Tür hinter sich zuschlagen und auf dieselbe Insel wie Pasi, als die Tür von selbst, einem Luftzug oder dem Zufall persönlich geöffnet wurde. Der machte so was manchmal, Erkki hatte davon gehört, der kannte da nichts. Aber Erkki glaubte nicht an den Zufall, also sprang er erst über seinen Schatten, dann über die Türschwelle und stand zum zweiten Mal in dieser Woche, jetzt gänsehäutig und fahl, im Innern der Krypta. Alles, komplett alles hatte sich verändert. Es war noch derselbe Raum, das schon, aber er war alt, nicht kaputt oder verkommen, nein, quietschfidel, folterkammerintakt und protestantenseelensauber, nur alt, alt, alt, der ganze Baustil, die Einrichtung, einfach alles. Antik nannten das die Leute, die sich nicht so für Kunstepochen interessierten wie Erkki. Antik waren die Möbel von Oma und das Gemälde, das der Nachbar geerbt hatte, ja, sogar das Kopfsteinpflaster am Ortsausgang war es, obwohl es erst vor drei Monaten neu gelegt worden war. Nicht, dass man das alte hätte stehen lassen können, ganz raffiniert und pfiffig, das, welches wirklich und wahrhaftig antik *war*, um Himmels willen, nein, es wurde unter Schweiß, Trubel, am Ende Festmusik abgerissen, mit freiwilliger Hand natürlich, um die öffentliche zu schonen, und Stein für Stein, Arbeitsunfall für Arbeitsunfall neu gelegt, und zwar künstlich auf alt getrimmt, um die Stadt, jawoll, antiker scheinen zu lassen; die Antike selbst, Römer, Griechen und so, war natürlich auch – Fanfaren! – antik.

Aber das hier, dieses WC, war etwa achtzig Jahre alt, schätzte Erkki, er konnte sich um einige Jahre täuschen, aber es stammte definitiv aus der Zeit nach dem Ersten Weltkrieg, kurz nach der finnischen Unabhängigkeit. Und es war ein bürgerliches, gehobenes Klo, das war auch sicher, hier verkehrten Leute mit Zylinder und Gehstock. Über bauchigen, grauädrigen Waschbecken, reinster, mystisch teurer Marmor das Ganze, thronten Messinghähne in Form seltsam dicklippiger Delphine, auf denen gekrönte, rauschbärtige, bitterböse Neptune ritten, in der Linken die Flosse, in der Rechten, drohend erhoben, einen muschelbesetzten Dreizack. Die Spiegel darüber, lang gezogene, blitzende Werke, die bis unter Decke und Lampe reichten, waren mit üppigen, übertriebenen, beinahe anstößig luxuriösen Rahmenverzierungen versehen, ganze Szenenabläufe, meist submarine, wurden geboten, der Betrachter verlor sich in endlosen, unterseeischen Irrgärten, bevölkert von Seeschlangen, Fischschwärmen und züngelndem Tang. Die Toilettenkabinen im zweiten, in entspannendem Türkis gehaltenen Raum konnten durch Metallriegel verschlossen werden, die Sitzflächen im Innern waren aus Holz, welchem war schwer zu sagen, vielleicht Fichte, angenehm warm, dachte Erkki, auch bei Versagen der alten Ölheizung, deren Rohre sich im Vorraum teilten, – ein beheiztes Bad in den zwanziger Jahren, Himmel, angesichts leerer Mägen auf dem Lande und des frisch durchwateten Bruderkriegs damals Schande und Verrat zugleich. Die Wasserbehälter für die Spülung hingen wie kleine Kinderbadewannen über den Kabinen und wurden durch eine Kette mit verziertem Griffstück betätigt, selbst die Klopapierhalter fanden keine Schonung: Aus ihnen wuchs, andeutungsweise nur, wie um sich für Rausch und Luxus zu entschuldigen, an der Spitze, dort, wo die Rolle eingeführt wurde, eine Art Galeonsfigur hervor, die sich dem Besucher gleichgültig-ernst entgegenhob. Beide Räume waren gekachelt, der erste bis unter die Decke, der zweite ging auf halber Höhe in Mosaikgestein über, das, vornehmlich in Meerblau und Beige gehalten, Strand- und Muschelmotive zeigte. Das WC war, kurz gesagt, ein Urlaub, eine Reise, ein Aquarium, ein einziges schäumendes, rauschendes Erlebnis.

Erkki traute seinen Augen nicht. Was war das hier? Sein Verstand versuchte, eins und eins zusammenzuzählen, war aber weltmeerweit davon entfernt, auf zwei zu kommen. Die Spülung dröhnte wieder, jemand stand auf, Stoff raschelte, die Tür wurde entriegelt und Absätze klapperten ins kühle Grün des Hauptraums. Erkkis Kinnlade klappte herunter: Träumte er oder hatte er »vappu«, den Ersten Mai, eine Art finnischen

Karneval, verschlafen? Vor ihm stand ein junger Mann, etwa
in seinem Alter, leuchtend, ein Dandy der zwanziger Jahre, mit
porentief rasiertem, blitzblankem Gesicht, schiffssegelweißem
Anzug, Brille und kreissägerundem Strohhut, die silbrige Kette
seiner Taschenuhr schlängelte sich, vipernhaft rund nach unten
gebogen, ins helle Streifengitter seiner ebenfalls schuldfrei weißen Weste. Irgendwie erinnerte er Erkki an jemanden, einen,
der schon lange tot war, einen Schauspieler oder Entertainer,
es fiel ihm nicht ein, seine Schläfen begannen zu pochen. Der
Mann hatte, obwohl ausgeschlafen jung, dohlen-, nein ra-
benschwarze, krähenfüßige Augen, die von der wie aufgemalt
wirkenden Doppelnull seiner Nickelbrille umzingelt wurden;
er hob grüßend das elegant gebundene Hutstroh, seitengeschei-
teltes, facongeschnittenes Pomadenhaar leuchtete darunter wie
frisch gerührter Teer, und klapperte an Erkki vorbei in den
Vorraum. Wasser gurgelte, dann hörte man nichts mehr, nur
rauschende, majestätische Stille.

Erkki ging dem Weißen nach, er musste sich hier die Hände
gewaschen haben, und zwar mit heißem, ja kochendem Wasser, der Spiegel war noch beschlagen, feuchte Schlieren lie-
fen am Glas herab und glänzten im Nebeldampf – von ihm
selbst fehlte jedoch jede Spur. Erkki rannte die Treppe hinauf, durch die leere Redaktion, auf Straße, Kreuzung und
eigene Gefahr, ein kanariengelber Käfer schlingerte an ihm
vorbei, das Blumenkind drinnen zeigte Überraschung, Vogel
und Mittelfinger, alles der Reihe nach, aber mit verblüffender
Reaktionsschnelle, Erkki grüßte zurück. Doch weit und breit
kein Dandy. Ihm wurde schwindelig, die Schläfen pochten
nicht, sie dröhnten jetzt. Er torkelte ins Büro zurück und ließ
sich, rücklings an die Wand gelehnt, die Augen geschlossen,
ins weiche, wohlige Gras des Teppichs sinken, der Computer
surrte, die Kaffeemaschine zischte dann und wann böse; unter
der Heizung, zwischen Kekskrümeln und verstorbenem Kerb-

vieh, lag ein traurig mumifizierender Teebeutel, Pfefferminz einst, als er noch Leben und Geschmack hatte. Erkki fühlte sich hundeelend, katzenjammerschlecht. Wo war der Dandy, wo die Gesundheit, Verstand und Vitalität? War er getäuscht worden, genasführt oder kürzer: verarscht, hatte er es gar nicht mit einem Dandy zu tun, sondern mit einem aufgebundenen Bären? Sein Blick fiel auf Svantes Keksdose, er sah die planschenden, blonden Meerjungfrauen und dachte an übellaunige, algenumwickelte Neptune mit riesigen Essgabeln; dann streifte sein Blick weiter, schweifte migränegeschwärzt über Boden und Wände und verhedderte sich erneut, jetzt in Pasis Handtasche, die reptilienleise und alligatorenstarr auf der Fensterbank kauerte. Sie stammte aus derselben Zeit wie das Klo unten, musste es einfach, die Erinnerung an das Kunstseminar damals, als er Mervi kennen gelernt hatte, trog ihn selten. Er zog sich am Tischende hoch, um das Ding endlich unter die Lupe zu nehmen, als Suvi hereinkam.

»Was ist denn mit dir passiert?« Ihr Gesicht war gerötet, – nicht rötlich gefleckt wie bei vielen, sondern allumfassend, rundum, bis-auf-die-Knochen-blamiert-rot, was ihr ausgezeichnet stand, sie war mit dem Rad gekommen. Sie erfasste das Geschehen mit einem, gut, zwei Blicken und legte ihre Hand mit karitativem Geschick an seinen Puls, Erkki genoss es, geschwächt, gedämpft, durch den Tunnel seines Kopfweh, was nicht sehr einfach war, quasi nur entfernt befriedigend. »Ein Schlagzeugsolo, aber ohne jeden Rhythmus«, sagte sie besorgt, beinahe vorwurfsvoll, half ihm auf die Beine und zwang ihn, am Schreibtisch angelangt, ebendiese darauf zu legen. Er gehorchte treu und gehorsam, wie ein kriegsversehrter Rollstuhlfahrer, lächelte dankbar und leerte auch das Glas Wasser, das sie ihm reichte, halb liegend und trotzdem standhaft, in einem Zug.

Die Lage beruhigte sich, auch seine Kopfschmerzen; Suvi hingegen forderte ängstlich aufgebracht Antworten: Was passiert sei, wollte sie erneut wissen, und warum er hier herumläge am hellichten Tag. Erkki fühlte sich zu einer Antwort genötigt, wollte sie gerade geben, als er merkte, dass er mit ihr, der Antwort, ein wenig Handel treiben könnte, nicht im Bösen natürlich, sondern gutwillig, wie es seine Natur war, deshalb verbuchte er sie, sparte sie emotional lagernd auf. »Könnte ich dir das heute Abend bei einer Pizza erklären? Der Tag heute war zu viel für mich, ich brauche Ruhe, dringend. Mein Zeitungsbericht kommt pünktlich, ich versprech's, aber jetzt hau ich erst mal ab und leg mich für 'ne Stunde auf's Ohr, ich hoffe, du hast Verständnis dafür.«

»Wie du meinst, Pizza geht klar.« Sie öffnete die Tore, alle beide, unerwartet schnell, quietschend und knarrend, und ließ ihn einfach so rein. Das hatte er nicht erwartet, er wollte eigentlich nur klopfen. Sie sah das und drückte ihn schnell von der Schwelle: »Obwohl, ich weiß nicht so recht, meine Freundin wollte zu Besuch kommen und ...«

»Ich verstehe«, nickte er und wollte schon gehen, noch mal klopfen hatte heute keinen Sinn, als Angelgeächz von hinten ertönte. »Ach wie blöd von mir, das habe ich total vergessen, die kann ja gar nicht, das heißt: Ich bin frei. Was ist mit dir? Bist du um neun wieder fit? Die beste Pizza gibt's bei ›Claudine‹ am Hafen, ganz in der Nähe des Hotels, gar nicht zu verfehlen. Ich warte da auf dich.«

»Das finde ich, bis später also.« Erkki verschwand und ließ sie mit verbranntem Kaffee und abklingender Gesichtsröte allein.

Zuerst war sie erstaunt. Dann begann, Freude in ihr zu schneien, mit singenden, wirbelnden, in der erhitzten Atmosphäre ihres inneren Betriebes, der auf Hochtouren laufenden Organhaftigkeit ihres Apparates, welcher sonst eher ein gewöhnliches, nur ab und zu, praktisch periodisch bedingt, schneller in sich verzahnendes Gliederwerk war, schnell zu

Wasser und Matsch schmelzenden Flocken. Endlich, riefen die wässrigen Massen, endlich hatte er sich getraut. Dann schneite es heftiger, wilder, bis in die tiefsten Abgründe ihrer Produktion, die Maschine stockte, erlahmte, brach zusammen, so dass nichts als ungetrübte, weiße Begeisterung sie erfüllte. Sie musste nach Hause, jetzt, schnell, und sich zurechtmachen für den Abend, sie hatte nicht mehr viel Zeit, Zurechtmachen dauerte, vor allem, wenn man zurechtgemacht so aussehen wollte, als sähe man immer so aus; sie wollte die Einladung nicht durch Kriegsbemalung und Haarexplosion ruinieren und ihm das Gefühl geben, sie hätte das alles nur für ihn getan. Die Einladung. Sie hatte sie viel zu hastig und überschwenglich angenommen, sie hätte ihn länger hinhalten müssen, sie merkte das jetzt und es war ihr peinlich. Hoffentlich hatte er das nicht bemerkt, sie wollte nicht zu ausgehungert wirken, – ach, nichts hatte er gemerkt, durcheinander und erschöpft, wie er war, der Arme. Er war so süß und hilflos, gleich am ersten Tag war ihr das aufgefallen. An sich kein Grund zur Beunruhigung, süß und hilflos waren viele. Was ihr aber ebenso aufgefallen war und was sie angestrengt nicht zuzugeben suchte, war, dass ihr das bei ihm ungleich mehr gefiel als bei anderen, und das wiederum machte ihr Angst, eine Angst allerdings, die, wenn auch in Mark, Bein und unter die Haut fahrend, also überaus fürchterlich, so doch meist eher als wohlig verwirrender Schauer über Nacken und Rücken strich als ein schauriger. Am schlimmsten war, dass die Attribute süß und hilflos, Männer betreffend, sonst in einem Ursache-Wirkungs-Zusammenhang standen, bei ihr war das jedenfalls so: Ein Mann war süß, eben *weil* er hilflos war, das eine ging nicht ohne das andere. Es musste eine Art Mutterinstinkt sein, zumindest jedoch etwas schuldlos Ererbtes, denn alles in allem empfand sie sich als selbstbestimmte Frau und vollkommen untalentiert für jegliche Form hingebungsvoller Fürsorge. Bei Erkki jedoch war alles anders: Er konnte enorm, ja wahnsinnig süß sein, ohne eine Spur hilflos zu wirken. Hilflos konnte er auch sein, das ja, schließlich hatte sie ihm beide Attribute zukommen lassen, ihn gewissermaßen doppelt geadelt, so wie sie das bei anderen Männer auch tat, aber er war in seiner Hilflosigkeit stark, ja, stark und männlich, ganz und gar nicht süß, anders konnte sie das nicht erklären. Es war wirklich verwirrend. Eine Woche hielt sie diesen Zustand aus, dann gestand sie sich: Verdammt, ich bin verliebt.

Wie konnte ihr das nur passieren? Normalerweise brauchte sie bei Männern immer Zeit, sie verliebte sich nicht leichtfertig; ihre Freundin Marja, die alle drei Monate mit einem Neuen aufkreuzte, war ihr bei aller Sympathie ein Rätsel. Sie hielt die aus einer inneren, verborgenen Quelle gespeiste, sich ständig erneuernde Bereitschaft, sich einem anderen Kerl an den Hals zu werfen, für Kinderei, ein tendenziell pathologisches Nie-Erwachsenwerden. Als Teenager hatte sie das auch getan, wer nicht, aber das verlor programmgemäß ab einem bestimmten Alter seinen Reiz, in manchen Fällen überreizte es auch das Nervensystem und ließ einen vorschnell altern, was weitaus schlimmer war. Sie hielt die Magie des Sichverliebens für etwas, das Raum und Zeit wollte, nicht etwas, das, mit einem Zauberstab berührt, in die Luft ging und als Konfetti zur Erde herabregnete, sondern etwas, das sich erst in seiner Gesamtheit, sich überlagernde Glanzauftritte und Fehlnummern umfassend, als wahrhaft gelungene Zaubervorstellung entpuppte. Sich mit einem Mann einzulassen, der ein unbeschriebenes Blatt war, ein Fremder, ein Mysterium, ein Fragezeichen, fett gedruckt, so fett, fast Antwort verlangend wie zwei und seitenweit davon entfernt, Rufzeichen und Klarheit zu werden, war für sie jämmerlich und stillos, monströs zelebrierte Zweisamkeit, die nach leidenschaftlich nichts sagend vollzogenem Finale in brunnentiefe Einsamkeit fiel. Aber auch da machte ihr Erkki einen

Strich, eigentlich gleich ein ganzes Kreuz durch die Rechnung: Er war ihr vertraut, von Anfang an, so vertraut, als hätten sie schon in der Schule Schulter an Schulter gesessen und sich danach nie aus den Augen verloren. Und er musste ihr gegenüber ähnlich fühlen, denn er machte alles richtig, der Mistkerl, die Dinge etwa, die er sagte, waren nicht immer die, die sie hören wollte, er gab sich keine Mühe, keine übertriebene, entlarvende zumindest, ihr zu gefallen, und das gefiel ihr. Er sagte vielmehr, was er dachte, und was er dachte, war gut, dachte Suvi. Er sammelte nichts als Pluspunkte, seit er hier war, und dabei waren sie einander nie begegnet. Wie bitte schön konnte er es wagen zu wissen, was sie mochte, ja wie sich erdreisten, ihr so gut zu gefallen? Er hatte keinen Respekt vor ihr, weder vor ihrem Stolz noch ihrer Süße-und-hilflose-Männer-Theorie, und ein Model war er auch nicht, nein, wirklich nicht, aber so dachte sie nur, wenn sie sich zwang, objektiv zu sein, was nicht sehr lange anhielt, in Wirklichkeit fand sie ihn nämlich atemberaubend attraktiv, geradezu schmerzhaft süß, keiner war wie er – er hatte Grübchen, wenn er lachte, und wenn er das nicht tat, sah er fast noch besser aus, manchmal glaubte sie, er täte das extra. Wenn er am Schreibtisch saß, süß war und einfach nur so vor sich hinsah, zermarterte sie sich einige Schritte weiter das Hirn darüber, wo er gerade mit seinen Gedanken war, und hätte einen linken Zeh dafür gegeben, wenn es bei ihr wäre. Natürlich hatte sie sich nichts anmerken lassen und die abgeklärte, erfahrene Journalistin gespielt, insgeheim aber hoffte sie jeden Tag, ihm neue Dinge erklären zu können, nur um in seiner Nähe zu sein, manchmal, wenn ihr keine Wahl blieb, erfand sie einfach Sachen und redete ihm ein, sie wären wichtig, und hin und wieder, wenn sie es übertrieb, fürchtete sie, er sei ihr auf die Schliche gekommen. Es war fürchterlich erniedrigend und identitätsauflösend und, schlimmer noch, es war wunderschön. Ihr Herz geriet ins Stolpern, fast glaubte sie, es würde stehen bleiben oder gar hinfallen, vor allem, wenn sie an heute Abend dachte, aber dann sammelte es sich wieder und trottete gedanken- und blutversunken weiter.

*

»Aber das ist verrückt, renoviert wurde das Bad die letzten dreißig Jahre nicht, und von selbst sind ihm wohl kaum neue Kacheln gewachsen. Ich bin doch auch täglich da unten, nur eine Tür weiter, und ich hab nichts bemerkt. Du bist überarbeitet, es ist alles noch neu für dich hier in Hanko, oder nimmst du Drogen? Apropos, Skål!« Nicht er wirkte jedoch überreizt, sie tat es, und sie wusste es auch, – dennoch sprudelten ungedämmte Bemerkungen aus ihr hervor, gedankenleicht dahinplätscherndes Seichtwasser, das dringend Netz und Filterung benötigte, wenn es nicht zu einem Strom anschwellen und alles unter Belanglosigkeit setzen wollte. Sie war so überkochend nervös, dass er ihr alles erzählen konnte, sie hätte es geglaubt: Suvi, ich komme vom Pluto und bin nur zu Forschungszwecken bei der Zeitung, ich sehe zwar menschlich aus, aber das ist nur Tarnung, du solltest mal meinen Stirnrüssel sehen, hihi, ich mag dich wirklich, aber leider kann das mit uns nichts werden, da wir vom Pluto uns durch Selbstbefruchtung fortpflanzen. Oh wirklich? So'n Mist.

»Ja, Skål«, sagte Erkki. Er sah jetzt viel besser aus als am Nachmittag und stieß, glücklich und nahrungsträge, mit ihr an. Die Pizza war gut gewesen, der Wein auch, andere Adjektive zur Beschreibung eines alkoholischen Getränks, das aus Weintrauben hergestellt wurde, hatte er nicht. Wenn seine Lehrerkollegen von früher zu Besuch waren und behaupteten, dieser Wein sei trocken und wild, jener aber unkompliziert und charmant, ein anderer hingegen grazil und frech und ein weiterer gar cremig-buttrig, dabei aber zimtig-eigenwillig, dachte er, sie hätten den Verstand verloren. Was sollte das heißen, wild? Dass einem der Wein aus der Flasche entgegensprang und in den Hals biss? Und wie konnte ein Wein trocken sein, eines der größten Rätsel, Wein war flüssig, Herrgott. Ob er es denn nicht schmecke, fragte ein Freund, nicht der Wein sei trocken, das sage man nur so, sondern sein Geschmack natürlich – als bestände da ein Unterschied –, wegen des niedrigen Restzuckergehalts. Erkki nippte dann und meinte, nein, auch der Geschmack sei für ihn eher flüssig; ihm sei klar, winkte er gekonnt ab, dass man Aggregatzustand und Geschmack eines Stoffes nicht miteinander verwechseln, schon gar nicht das eine mit dem anderen benennen dürfe, aber ein anderes Wort falle ihm dafür nicht ein, außer »weinig« vielleicht (das sagte er aber nur, wenn er nett sein wollte, »Schmeckt wie Wein der Wein«, war sein üblicher Kommentar). Und dann cremig-buttrig, der absolute Klopper. Wenn dieses Wort fiel und alle zustimmend und warm lächelten, machte er immer extra laut eine neue Bierflasche auf. Sein Dauerscherz, er dachte, sie seien zum Saufen gekommen, nicht zum Kuchenessen, wurde jedoch ebenso gütig verziehen wie seine tiefe Chipsliebe und seine vielleicht noch tiefere Liebe, wenn nicht öffentlich, so doch im Privaten nach Gelegenheiten zu suchen, zu ebendieser zu stehen, als wäre ihr Geständnis etwas Mutiges, Bewundernswertes, wie das Bekenntnis, man sei Sozialdemokrat oder inkontinent oder bulimisch oder alles zusammen, und sie, die Chipsliebe also, im Anschluss daran – geläutert und gereinigt nun – raschelnd, fingerfettig und abendlang auszuleben. Man hatte es nicht leicht mit Weinkennern.

Mit Leuten, denen man eine verrückte Geschichte erzählte, auch nicht. Er wünschte, er hätte sie nicht als Lagerung geführt, sondern kurzerhand storniert, in den Äther gebucht, nie erzählt, es war doch klar, dass sie ihm nicht glauben würde. Und dabei konnte er ihr noch nicht mal einen Vorwurf daraus machen: Seine Geschichte gehörte in ein Patientendossier, nicht an gesunde, wohlgeformte Ohren, die ein hübsches, sommersprossiges Gesicht einrahmten.

Das Gespräch hatte sich inzwischen hingelegt und war schon eingeschlafen, Suvi rüttelte es wach:»Allerdings ist das mit dem Harold-Lloyd-Typ ein wenig merkwürdig«, (Harold Lloyd! Natürlich, dachte Erkki, genau so sah er aus),»komisch, dass mir das jetzt erst einfällt, Pasi hat mich mal zu sich eingeladen, er war ein bisschen interessiert an mir, musst du wissen, ich aber nicht an ihm«, beeilte sie sich hinzuzufügen,»das war damals, als er noch in Hanko seine Wohnung hatte, bevor die ganze Umzugsodyssee losging.« Sie rückte ihren Stuhl etwas näher. »Ich wollte nur nett sein, weil ich dachte, wir wären Freunde. Ich habe sein Interesse total fehlgedeutet, weißt du, also bin ich zu ihm gegangen. Und da hat er mich dann empfangen, in so einem merkwürdigen Anzug. Na gut, dachte ich, er ist ein eigenwilliger Typ mit Sinn fürs Individuelle, Ausgefallene, nichts Schlimmes so weit, oder er will auf seine Art Eindruck schinden, keine Ahnung, aber der Anzug war alt, nicht zwanzig, dreißig Jahre oder so, nein, viel, viel älter, dabei jedoch kein oller Mottenfilz, wie man vermuten könnte, überhaupt nicht, flickfrei und knopfkomplett das Ding, aus schwarzem, glänzendem Stoff, aber in Schnitt und Stil hoffnungslos gestrig, vorgestrig besser, ein Frack, würde ich sagen, aber ich kenn mich da nicht so aus, bin mehr der Jeans-Typ. Erst dachte ich, da steht ein Butler vor mir oder ein Zirkusdirektor, egal, jedenfalls hab ich mich gewundert.«

»Noch Wein?« Erkki griff zur Flasche, aber Suvi winkte ab, ihr war schon wieder schwindelig, wofür, das lag auf der Hand, nicht allein der Wein zur Verantwortung zu ziehen war. Auch er rückte seinen Stuhl näher. »Und was ist dann passiert?« Sein Blick stolperte unbeholfen und leichtsinnig ins Scheinwerferlicht ihres, der vor kurzer Zeit, etwa seit Leeren des letzten

Glases, wieder von mutigem Leuchten in zaghaft glänzende Formen von Verwegenheit übergewechselt war. Seine Augen erschraken kurz, er blinzelte, Wimpernschlag, dann Herzschlag, einer zu viel, der ihn jedoch nicht beunruhigte, sondern sein Zuviel, sein pulsierendes Extra, seine organische Unregelmäßigkeit in Ohrenrauschen und Magenerwärmung umsetzte. Dann lachte sie plötzlich, wie um die Situation zu entschärfen, nicht hirnlos scheppernd, sondern leise, wissend und kerzenbeleuchtet rein. Ihre asiatisch schmalen, dazu unpassend blauen Augen wurden schmaler, als ihre Asiatischheit es verlangte, eigentlich schlossen sie sich, sie wurden von den hohen Wangen regelrecht zugeschoben, Erkki stellte sich vor, sie müsse kurz blind sein, wenn man ihr einen guten Witz erzählte. Natürlich spukte der Dandy in seinem Kopf herum, aber noch weniger wollte Suvi daraus entweichen, sie verdrängte alles zu gedanklichem Nebenbei, Nebenher, im Hintergrund sich abspielenden, kleinen Aufführungen ohne bewusste Regie. Im Grunde konnten sie sich auch über das Bildungssystem auf den Färöer Inseln unterhalten oder die Farbe von Asphalt oder den Lebenszyklus von Kakadus.

»Dann hat er versucht, mich zu küssen.« Sie wurde ernst.

»Tatsächlich?« Er war überrascht. »Na, was für ein Draufgänger. Etwa, etwa so …« Er beugte sich schnell, die Hände links und rechts neben den Teller gestützt, nach vorn und hauchte ihr einen sanften, etwas trockenen Kuss auf die Lippen. Er roch ihre Verwirrung und Freude, spürte ihre fragende Haut und schmeckte die Farbschwere ihres Mundes, Zimt, eindeutig, so oder so ähnlich musste der Wein schmecken, den seine Freunde tranken. Dann spürte er Gegendruck, ein Glas fiel um, sie stand auf und beugte sich ihm ebenso handgestützt entgegen wie er, zwei Hunde, die sich mühsam, in unnatürlicher Verrenkung, die verwunderten Gesichter benetzten, auch ihr Stuhl fiel, er hörte kilometerentferntes Gepolter. Sie tastete nach seiner Hand, ergriff sie und befreite beide aus Überdehnung und Verkrümmung, zog ihn ums Tischrund und hieß ihn herzlich in der Körperwärme ihrer Umarmung willkommen. In die tauchte er hinab, ohne zu wissen, wohin, ob er genug Atem dafür hatte oder jemals wieder den Weg zurückfinden würde, das Risiko nahm er an, eigentlich betrachtete er es gar nicht als solches, sah man die Sache genauer, so war ihm gar nicht bewusst, dass er eins einging, er tauchte einfach, alles andere war zu nehmen, wie es kam. Bei ihr war es ähnlich, sie griff verantwortungslos und sorgenfrei nach seiner Taille, drängte zum Po, blieb dort eine Weile, weil es ihr so gut gefiel und hangelte sich an Muskeln und Rippengeäst zu Brustbein und Hals empor, umfasste mit beiden Händen seinen Unterkiefer, wie eine Trinkschale, und presste ihr Gesicht anmutig und waagerecht auf seines. Ihre Zunge fuhr aus ihr heraus, entglitt wie ein Fisch einer Höhle, gereizt von Tonschwingungen, Beute und seinen sich öffnenden Lippen, dem Gonglaut pawlowscher Zwangsläufigkeit, penetrierte seinen Mund und wälzte sich im Innern mit ihrem nasswarmen Gegenüber, ihrer züngelnden Entsprechung, in schäumender, absondernder Gedankenlosigkeit. Erkki schmeckte ihre wunde Zimtigkeit, sie schmeckte nicht mehr wie Wein, sondern wie blutwarmer, flüssiger Zimt, der sich mit Zucker vermischte, wie schmelzendes Bonbon, doch nicht zu süß, von kupfriger Herbe gedämpft, mehr wie Bonbon für Erwachsene. Ihre Nasenflügel bebten an seiner Wange, schnauften aufgeregt und ließen ihren Atem lustig in sein Ohr sprudeln, einen Atem, der feucht und kichernd tiefer drang und ihn von jedweder Verantwortung freisprach.

»Äh, entschuldigen Sie, wir schließen gleich, zahlen Sie getrennt oder zusammen?« Die Stimme des Kellners hallte von weither, durch einen langen, schwarzen Tunnel geworfen, aus der verschollenen, längst vergessen geglaubten Restaurant-Welt.

»Zusammen …«, seufzten beide. Erkki war sicher, in Italien wäre das nicht passiert.

*

Sie gingen in ihre Wohnung, nicht seine. Er flüsterte ihr ins Ohr, er schäme sich wegen all dem Chaos dort, des herumliegenden Mülls und des lachhaft winzigen Bades, dessen Duschvorhang in Fetzen hing. Ihre Wohnung war in allem das Gegenteil, der Nachher-Vergleich eines Werbespots sozusagen, er merkte das gleich, als sie ins Halbdunkel des Flurs traten, in seiner Wohnung wären sie jetzt über Bierflaschen gestolpert, hätten sich die Köpfe eingeschlagen und den Rest der Nacht ohnmächtig nebeneinander auf Parkettdielen verbracht. Sie zog ihn hastig ins Wohnzimmer, das gleichzeitig ihr Arbeitszimmer war, und entzündete ein paar Kerzen, deren Rauch kirchlich an den Bildern vorbeistrich, mit denen sie die mattgrauen Wände dekoriert hatte: Er sah ein hübsch eingerahmtes Monet-Poster, Van-Gogh-Blumen, Futuristisches, Opulent-Flämisches, ein Stilleben, zwei, drei schwer zu verortende Akte, ihr strahlendes Gesicht unter dem Schirm einer weißen Abitursmütze, und in der hinteren linken, etwas versteckt liegenden Ecke, halb im Schatten eines Bücherregals, kauerte ein Dürer-Hase. Ein rasanter Galopp durch die Jahrhunderte, dachte Erkki, ohne die anderen Bilder zu erkennen, war er sicher, immer ein oder zwei würden exemplarisch für eine Epoche stehen, Suvi schien Wert auf Vollständigkeit zu legen. Sie zog ihn weiter zum Bett, das in einer in die Wand eingelassenen Nische mit Vorhang stand, und begann ihn auszuziehen. Alles roch frisch hier, wie eine Frühlingswiese, deren summender Duft nach Monaten strengsten Verzichts und Kälte zum ersten Mal wieder in die Nase drang, als hätte sie heute Morgen noch neu bezogen, nein, er korrigierte sich, es roch wie ihr Parfum, ein wenig zumindest, als hätte sie alles damit besprengt, es roch wie Wasser, so müsste frisches, klares Wasser riechen, wenn es einen Geruch hätte, die Unsinnigkeit solcher Gedanken fiel ihm nicht weiter auf, aber er dachte sowieso sehr wenig im Augenblick.

Sie warf ihn auf den Rücken, setzte sich schmiedeeisern auf ihn und begann mit hitzigen, fliegenden Fingern, sein Hemd zu öffnen, während er, überwältigt und benommen, in ihr blondes, lachendes Gesicht starrte; ab und zu schob sie sich mit einer hastigen, fast ärgerlichen Bewegung das sonnenreife Haar hinter die Ohren und lächelt dann sofort wieder, immerzu lächelte sie, über ihr hing ein Lampenschirm mit springenden Delphinen, Erkki hatte das Gefühl, auch die würden lächeln, dann dachte er an den Keller, an Pasi, Gespenster und Suvi, aber das war jetzt alles dasselbe, in seinen Ohren rauschte es, majestätisch, so wie es rauschte, nachdem der Dandy das Klo verlassen hatte.

Durch das Rauschen drang Keuchen, Suvis, fordernd und bittend zugleich, sie sang fast, es klang nicht mehr wie Schwedisch, sondern ursprünglicher, älter, beinahe Isländisch, in ihren Gesang mischte sich ein zweiter, ein Ächzen, seines, ebenso fordern und bittend. Mondweißes, fröhliches Fleisch klatschte auf sonnengebräuntes, ernstes, Schweiß fiel von der Klippe ihrer Nasenspitze, ihrer in konzentrierte Falten geworfenen Stirn, dem Sehnendelta ihres Halses auf eine sich hastig hebende und senkende Brust und verfing sich im Flaum dunkler Behaarung. Sie wand sich über ihm, endlos langsam und schwer, fast dachte er, sie würde stillstehen, versagen, zerspringen, tot zusammenbrechen über ihm. Er berührte die sandhelle Bucht ihrer Hüften, sah ihren davonlaufenden Pulsschlag, ihr haarverhangenes Gesicht, das lange, nasse Strähnen wie Luftschlangen einer verregneten Party vor sich herblies, zwei glitzernde, zaghafte Schweißbahnen zwischen ihren Brüsten sich vereinen und als

Bach nun, schwungvoll und stark, ihrem Nabel entgegenrollen. Dann wurde sie schneller, zog sich zusammen, öffnete sich, umschloss, wärmte und entließ, mit mechanischer Zähigkeit, maschineller Ausdauer und anschwellender, überlaufender Freude. Sie überzog, machte untertan, begrub, kontrollierte in unkontrollierter Wucht, warf das Haar zurück, bog sich nach hinten und stützte sich mit den Händen auf die Oberschenkel seiner gespreizten, von Taubheit durchzogenen Beine, sie tauchte in ihn hinab, wühlte und kam wieder hervor, verschwand erneut, griff von unten durch sein brüllendes, hormonverwüstetes Gedärm hindurch, umschloss sein zerlaufendes Herz und schwamm, die blutige Beute in Händen, an die milchig-schlierige Oberfläche seiner Gedankentrübung, seiner sekundenlangen, vollnarkotischen Wirrnis zurück. Hier triumphierte sie und drückte den Muskel an ihren, warf ihn wie einen Ball in die Luft und fing ihn, den Rücken an seine angewinkelten Beine gelehnt, mit der liegenden, ihn überdeckenden Schale ihres Körpers auf, alles verwuchs in Windeseile und er war Teil ihrer Anordnung, ihrer Zusammensetzung, ihrer absorbierenden, chirurgischen Liebe. Dann erhob sie sich wieder und ließ sich an ihm herabgleiten, als sei nichts geschehen, in zahllosen, schweren Stößen, um den Vertrag, die Transplantation, die Vereinigung zu besiegeln. Und sie wurde immer schöner dabei, eben schön wie regennasser, tropischer Abend, jetzt schön wie die Morgendämmerung, wie allererster, silbriger, fast durchsichtiger, gläserner Himmel, der aus der Tiefe der Nacht embryonische Röte gebar, Röte, hell und gesund wie die, die in Wellen ihr getreideblondes Gesicht durchzog, welches sich abwechselnd in Schmerzen verzog und (natürlich) lachte. Sie musste sich mithilfe eines Zauberspruchs entkleidet haben, und ihn gleich mit, er sah ihr T-Shirt, ihre Jeans am Fenster liegen wie abgeschälte, lästige Schlangenhaut, sein Hemd hatte sich an der Lehne ihres Sessels verfangen, Sockengewirr übersäte den Teppich.

Da beugte sie sich nach vorn, ihre kleinen, bleichen Brüste streiften kurz seinen Arm, und küsste ihn lang und tief, – ein Kuss, überlegen und ungerecht von oben geführt, der sich warm in seinen Magen ergoss und mit allen Essenzen seiner siedenden Organe verband.

»Warte …«, hauchte sie, gab ihn plötzlich frei und kniete sich neben ihn, er fühlte sich, als hätte man ihn in eine Schneewehe geworfen, »könntest du …« Sie wurde wieder rot, aber nicht infolge physiologischer Veränderungen, die engagierte Reproduktionsaktivität so mit sich brachte, sondern weil sie sich schämte, hier, nackt mit ihm, wurde sie rot, weil sie sich schämte.

»Was …?«, fragte er verwundert und küsste ihren Bauchnabel; sein Handrücken strich ihre Taille entlang, bog zur Mitte, durchkreuzte die Lippenwärme seines eigenen Kusses und erreichte die andere Seite, als sie sein Handgelenk ergriff und ihm in die Augen sah: »Könntest du …?« Sie stockte und hielt sich die Hand vors Gesicht. »Ich mag das so, weißt du?«

»Aber was denn?« Er lachte und strich ihr das gelbe Haar aus der Stirn. Sie ist so süß, dachte er, ohne zu wissen, dass sie gerade dasselbe über ihn dachte, und natürlich wusste er auch nicht, dass er in ihren eurasischen Augen diese Eigenschaft besaß, ohne dass sie auch nur im Mindesten an die der Hilflosigkeit gebunden wäre.

»Hinter mir sein, jetzt, verstehst du? Weil ich dich so sehr will.« Ihre Hand drückte stärker, er fühlte dieselbe Taubheit in den Armen wie zuvor in den Beinen, löste die Umklammerung und flüsterte warm bejahend ins Labyrinth ihres Ohres.

Sie warf hastig einige störende Kissen zu Boden, grub sich mit den Ellenbogen ins wunde Fleisch der Matratze und reckte ihm ihren vor gespalter Weiße strotzenden Hintern entgegen, dessen Weiß sich jedoch nicht von dem ihrer übrigen Haut abhob, sondern gleichsam übergangslos aus ihm hervorwuchs, ihr Slip hinterließ keinen Kontrast, er sah nicht mal Druckstellen, er wusste, fast sah er es, dass ihr Gesicht jedoch glühte, nicht vor Scham jetzt, sondern Erwartung und roher Bereitschaft. Er fuhr überhitzt in sie hinein, das Blondhaar vorn ächzte, umfasste mit beiden Händen ihre Hüften und begann sie in einem Rhythmus zu nehmen, dessen Tempo ein dumpfes Leuchten hinter seinen Augen vorgab, ein pochendes Flackern, das er selbst aussandte und empfing, er folgte seiner selbst gelegten Fährte, in aller nur möglichen Reduziertheit und entkoppelten Halbheit, stieß und hetzte dem hinterher, dessen Erreichen seinem Aufwand nur in den seltensten Fällen entsprach. Bei Mervi damals war es so gewesen, am Anfang, aber dann wurde alles schale Gewohnheit, etwas, das vollzogen wurde, sich abspielte, seinen Lauf nahm, weil es anthropologisch so vorgesehen war, programmiert, nicht weil es sie zueinander hinzog, sondern weil es um seiner selbst willen geschah, und am Ende waren sie nur noch zusammen, weil sie verzweifelt ihren Grad an gegenseitigem Vertrauen rühmten, das, nachdem sie dessen unzureichenden Charakter erkannten, in Trennung und eine Art Freundschaft mündete.

Ihr Stöhnen hatte sich verändert, es klang jetzt nicht mehr anfeuernd und Verstand auflösend, wie durch die Luft singende Pfeile oder das Kreischen untergehender Schiffe, sondern kürzer und flacher, irgendwie erdiger, fast verhöhnend. Das Licht hinter seinen Augen trommelte keinen Takt mehr, sondern glühte in einem fort, es senkte sich zu einem schmerzhaft gehaltenen Ton, einer rauschenden Wand, die der glich, in die der Dandy verschwunden war. Er hielt die Zügel nur noch mit einer Hand, die andere klammerte sich an Suvi, das Gespann, das mächtig und wild vorantrieb, rüttelte, zerrte, versuchte, sich zu befreien, zurückzustoßen, mitzureißen und davonzufliegen. Da klinkte sie sich los, das Geschirr surrte in den Staub, das Zimmer, Kerzen, ihre Bilder flogen jedoch nicht vorüber, sondern schrumpften zusammen, sie riss nicht, sie bremste ab, fast hätte er sie überrollt, sie standen kurz in zitternder Landschaft, glänzten und schnauften, dann zog sie zäh und langsam wieder an, doch schien sie sich dabei von ihm und seiner fordernden Not zu entfernen, unterwarf ihn eigensinnig ihrer zögernden, hinhaltenden Laune, sie hauchte still und kontrolliert vor sich hin, während er nur empfing und hinnahm. Er biss die Zähne zusammen, versuchte, an nichts, Grönlandschnee und volkswirtschaftliche Eckdaten zu denken, und warf den Kopf in den Nacken, über ihm hüpften Delphine, Meerjungfrauen und Neptune, als sie endlich, endlich wieder in Fahrt geriet und ihn mitnahm, ihre Hand tastete nach hinten, umfasste sein Becken und presste ihn an sich, sie begann zu jubeln, zu singen, zu schreien, kreiste und drehte sich in ihm, streckte sich nach vorn und bohrte, ins Ziel stürzend, ihre Finger in die aufgewühlte, geschundene Haut des Lakens. Er spürte ihre Ankunft, das Licht hinter seinen Augen glühte durch, einen Augenblick sah er nichts als schwelende Asche, dann brach er in ziehenden, zuckenden Zyklen über ihrem Rücken zusammen, sein Po verkrampfte sich zu einer geballten, wütenden Faust runden Fleisches, und er ließ all die erlittene Entbehrung zusammen mit seiner so schnell und wild erblühten Liebe für sie hineinbrechen in das endlose Weizenfeld ihres Körpers.

Sie schliefen wie tote Hunde danach, erschlagen beim Wildern, hingeworfen auf Decken, träumten von Beute und herabstürzenden Wolken, sich öffnenden Tälern und flüsterndem Grün, erwachten im Rhythmus ihrer Lust, zu mondloser Stunde, und wiederholten ihr Spiel mit wachsender Konzentration. Etwas weckte sie am Morgen, eine Möwe, eine Fähre, ein Auto. Es musste die Erde sein.

*

Erkki übersetzte am nächsten Vormittag nur, er versuchte es zumindest; wenn Suvi ihn jedoch ansah, durchleuchtete, tomographierte, floss ein zu Öl zerlaufenes Sommergemälde durch seinen Magen und sein Herz hüpfte und pochte wie ein Basketball gegen das Gefängnisgitter seiner Rippen, sein Mund trocknete aus und seine Zunge lag wie ein gestrandetes Schiff in der Flussmündung. Er brachte nichts zustande, zuwege, zu Papier schon gar nicht. Immer wenn sie hinter ihrer Trennwand verschwand, erst jetzt wurde ihm die schmerzvolle Bedeutung des Wortes bewusst, erlitt er körperlich ihren Verlust, die gebeutelte Delegation seiner Gefühle trat dann vor den Gehirnmonarchen und bat ihn, einen Abdruck, ein Faksimile ihres lachenden Gesichts in Erkkis Erinnerungen zu pressen, damit er die Zeit überlebte, bis sie wieder erschien. Wenn sie dann wieder auftauchte, aus der Kälte von Bretterjenseits und Schattenreich erschien, war sie jedes Mal schöner, als er sie sich zwischendurch hatte vorstellen können, nie erreichte die Kopie ihr Original.

Erkki glaubte, Svante wüsste alles. Doch der saß nur am Telefon, aß Nixenkekse und trank Zuckerkaffee. Erkki sah alles aus der Perspektive eines Verliebten, das hieß: aus der Sicht eines nicht Zurechnungsfähigen, und als ebensolcher glaubte er, dass er selbst nichts als Liebe war und dass die ganze Welt nicht ihn, sondern ein Lichtwesen ohne Stoffwechsel sah, das etwa zwanzig Zentimeter über dem Boden schwebte. Landen konnte er nicht.

Mittags gingen sie wieder ins »Claudine«. Der Kellner, der, der sie gestern so unmediterran kühl geweckt und ins Restaurant zurückgezogen hatte, grinste dümmlich, man wusste nicht, ob aus Verlegenheit oder Anzüglichkeit. Sie grinsten zurück, Suvi verlegen, Erkki anzüglich, und ließen sich am selben Tisch nieder wie abends zuvor.

»Kann ich dich was fragen?«, begann er, etwas machte ihm Sorgen.

»Klar.« Sie legte ihre Hand auf seine.

»Es ist wegen dem Keller, da im Büro, ich habe Angst, dass du mich für verrückt hältst. Das Ganze beschäftigt mich sehr, weißt du, ich habe das gestern ernst gemeint, das mit dem veränderten Bad. Ich habe es genau so erlebt, der Baustil hatte sich verändert, ich schwöre es. Versteh mich nicht falsch, ich bin so glücklich im Augenblick«, vitales Dunkel durchwehte ihr Gesicht, als hätte sie eine sanfte Frühlingsbräune, sie sah auf ihren Salat, »aber dieser blöde Keller verdirbt alles, ich habe richtig Angst, da wieder runterzugehen.«

Die Pasta kam auf halb nackten, dampfflankierten Unterarmen, weiblichen nun, der Kellner schien Skrupel zu haben, in tiefen, länglichen Schüsseln, die bläulich umrankt waren von Vogelmotiven und untergehenden Sonnen. Dazu hatten sie sich Malzbier von der Salatanrichte geholt.

»Ich sollte dir besser erzählen, was weiter an dem Abend bei Pasi geschah«, sagte Suvi und begann, Nudeln auf ihrem Löffel zu drehen. Sie tat das mehr aus Gewohnheit, eben wie man anfing zu essen, wenn etwas Warmes, Wohlriechendes vor einen gestellt wurde. Als er Pasta vorschlug, hatte sie zugestimmt, wie sie auch zugestimmt hätte, wenn er Elchsteak mit Brombeereis bestellt hätte, man aß zu Mittag im Abendland, das war eben so, Hunger hatte sie deshalb nicht, schon seit einiger Zeit nicht mehr. Bis zur Pizza gestern hatte sie seit Erkkis Ankunft in Hanko und dem damit verbundenen Eintritt in ihr ganz persönliches Universum nur gelegentlich etwas zu sich genommen, dann, wenn sie schon Kopfschmerzen hatte und erst beim Essen merkte, woran das lag. Alles in ihr hatte rumort vor Verwirrung, Ungewissheit und vergessenen Proteinen. Seit letzter Nacht schwappte sie zwar über vor Kenntnis und Klarheit, aber die Bürokratie ihres Körpers brauchte noch, um Entwarnung zu geben. »Du erwähntest doch diesen Dandy-Typen, diesen Harold Lloyd, nicht wahr? Also, das wollte ich dir gestern schon sagen …« Sie schien sich plötzlich an einen Gag zu erinnern, der nicht gelandet war, noch nicht, sie bereitete die Piste vor. »Das WC hat sich verändert, sagst du, und zwar zu einem Luxusklo des frühen zwanzigsten Jahrhunderts, nicht wahr? Nun, es hat sich demnach richtig hergemacht, was? Es hat, wie man so sagt, festhalten, festhalten«, sie boxte ihm gegen die Schulter, »Toilette gemacht, haha! Hey, ich will dich doch nur aufmuntern.« Erkki sah, wie sich der Witz überschlug und in Flammen aufging, trotzdem grinste er ihr zuliebe. »Aber wir gehen da runter«, verkündete sie, sie wollte ihm Mut machen, doch es klang, als erklärte sie ihrer kleinen Schwester, Haareschneiden täte nicht weh, »und zwar gemeinsam, gleich nach dem Essen.«

Erkki hatte plötzlich keinen Appetit mehr, er schob den Teller beiseite und nahm einen Schluck Malzbier: »Bitte, muss das sein? Ich hab mir das doch nicht eingebildet, ist das ein Komplott dunkler Hintergrundmächte oder hab ich was an der Birne? Und was, wenn alles normal ist da unten, dann bin ich es ja offensichtlich nicht, das heißt es doch, nicht? Aber, sorry, ich habe dich unterbrochen, du wolltest was von früher erzählen.«

»Ja genau«, fuhr Suvi fort, »wo war ich stehen geblieben? Ach ja, Pasi hat mich also in einem Frack empfangen und bereits an der Tür versucht, mich zu küssen. Er hat mich nicht bedrängt, nicht wirklich, dann hätte ich ihm gleich eine gelangt und wäre wieder gegangen, aber wir haben uns immer gut verstanden, und ich dachte, er will mir nur so einen Freundschaftskuss auf die Wange drücken«, Erkki strich ihr sanft übers Gesicht, »aber dann rutschte er immer mehr zu meinem Mund und ich habe ihn weggedrängt, nicht schroff, aber bestimmt. Ich hatte auch den Eindruck, er sei etwas betrunken, seine Augen hatten so einen merkwürdigen Glanz. Na ja, er ist ein bisschen liebesbedürftig, dachte ich, und da er ein Freund ist, gebe ich ihm noch eine Chance. Er benahm sich dann auch, vorbildlich sogar, eigentlich viel zu übertrieben, wie ein Gentleman des neunzehnten Jahrhunderts, ich kannte all diese Umgangsformen gar nicht, höchstens flüchtig aus alten Filmen, Handkuss hier, Verbeugung da, aus dem Mantel helfen, den Stuhl hinter einen rücken, wenn man sich setzt und so. Bis dahin hatte ich gedacht, gut, er will dich anmachen, und er denkt, Gott weiß warum, all dieser altmodische Kram käme tierisch bei mir an. Aber dann bekam ich es mit der Angst, er hatte ein komplettes Essen vorbereitet, mit Kerzenständern auf weißer Tischdecke und Stühlen jeweils am anderen Tischende, du kennst das vielleicht, man sitzt sich gegenüber, aber meilenweit voneinander entfernt, obwohl, das war mir nur recht in dem Augenblick. Dennoch wurde mir mulmig und Hunger hatte ich schon gar nicht mehr, ich sagte ihm, ich müsse gehen, aber er wollte das nicht akzeptieren. Ich war auch nicht vehement genug, ich gesteh's ja, und dann, nach dem Pudding, den ich nicht angerührt hab, kramte er doch tatsächlich so ein Grammophon aus seinem Schlafzimmer und legte alte, uralte Schellackplatten auf, Jazz, Blues, Dixie und so'n Zeug, ich dachte, ich bin auf einer Zwanziger-Revival-Party, Gastgeber: Bela Lugosi, dann kam er zu mir, verneigte sich und bat mich zum Tanz. Da wusste ich, dass er den Verstand verloren hat, nicht weil ich so schlecht tanze, aber seine Augen starrten, als sähe er durch mich hindurch, wie glühende Kohlen, oh Mann, du kannst dir nicht vorstellen, wie er glotzte.«

»Davon hast du ja gar nichts erzählt. Svante auch nicht«, sagte er besorgt, »er muss dir ja einen Mordsschrecken eingejagt haben.«

»Ach, Svante weiß gar nichts davon. Er und Pasi waren ein Herz und eine Seele, Männer unter sich, du verstehst schon«, sie rollte mit den Augen, »und ich wollte da nicht zwischen sie kommen. Und wie ich schon sagte, Pasi und ich sind immer gut miteinander ausgekommen, unser Verhältnis war zwar nicht sehr tief, wir haben nie was nach der Arbeit gemacht, nicht mal Eisessen oder so, aber wir hatten Respekt voreinander, jeder vor der Person und der Arbeit des anderen, Pasi war echt kein Idiot, musst du wissen. Und auf eine gewisse Weise fand ich ihn sogar cool, er war halt nicht so ein schleimiger, geschniegelter Uni-Schnösel, der alles besser weiß, – deshalb hat es mich ja auch so gewundert, dass er mich plötzlich einlud und dieses aggressive Interesse zeigte. Vorher war da wirklich nichts gewesen, das hätte ich doch gemerkt. Und dann dieser Affenzirkus mit den Klamotten und dem Grammophon, wo er das wohl herhatte? Auf Flohmärkten gibt's so was doch gar nicht mehr, zu alt einfach, er muss einen Theater-Fundus geplündert oder was geerbt haben. Du hättest dich sicher totgelacht, wenn du ihn gesehen hättest.«

»Also gut.« Er aß jetzt doch von den Nudeln, Suvis Art zu reden, beruhigte ihn. »Dann gehen wir mal davon aus, dass Pasi im Keller rumgeistert, die Frage ist, warum.«

»Das ist schwierig, in der Tat.« Suvi rückte erfreut nach hinten, ihr Nachtisch kam: Pfannkuchen mit Erdbeermarmelade und Vanilleeis, Erkki trank weiter Malzbier. »Vielleicht sabotiert er die Klos, weil er sich an Ahonen rächen will, wir checken das nachher mal.«

»Und was ist mit seiner lächerlichen Garderobe?«, warf Erkki ein. »Ist das seine Zorro-Maske, seine Robin-Hood-Strumpfhose, um im Namen der Redaktion für Gerechtigkeit und bessere Arbeitslöhne zu sorgen?« Er ging zum Salattisch, um sich mehr Malzbier zu holen.

»Wir müssten ihn auf frischer Tat ertappen«, rief ihm Suvi nach, »dann könnte ich ihn auch gleich fragen, was das damals sollte, dieser Kuss und so, kurz danach ist er nämlich verschwunden.«

Erkki setzte sich wieder: »Vielleicht hat ja auch alles mit dir zu tun, du hast ihn immerhin abgewiesen. Er hat uns irgendwo zusammen gesehen«, Suvi sah misstrauisch zum Fenster,»vielleicht, als er seine Tasche abholen wollte, und jetzt baldowert er irgendeine Gemeinheit aus, um es dir heimzuzahlen. Eifersucht kann Unmengen krimineller Energie freisetzen.«

Sie musste lachen, etwas Vanilleeis lief ihr Kinn herab. Erkki reichte ihr eine Serviette.»Nein, nein, nicht Pasi, alle, aber nicht der. Okay, er hat Ahonen gehasst und insofern wäre ein Denkzettel vorstellbar, doch mir gegenüber war Pasi immer rücksichtsvoll, beinahe zärtlich, bis auf das eine Mal. Er ist kein glutäugiger Vendetta-Typ, der geht in die nächste Kneipe, nimmt ein Schnapsbad und das war's. Das macht ihr doch immer so, nicht wahr?« Sie zwinkerte ihm zu.

»Was heißt hier ihr?« Erkki simulierte Entrüstung.»Bin ich auch einer dieser, dieser Männer?« Er verzog das Gesicht und schüttelte sich.»Einer von denen, die die schwärenden Wunden ihrer verletzten, dreitagebärtigen Eitelkeit mit Wodka reinigen, während der Piano-Spieler den letzten Song klimpert?«

»Nein, so einer bist du nicht.« Sie lachte wieder ihr Ostasienlachen. Dann stand sie auf und gab ihm, über den Tisch gebeugt, einen tiefen, betäubenden Kuss.»Aber ein Mann, das bist du.«

Sie gingen Hand in Hand zum Büro zurück, Svante hatte einen Zettel hinterlassen. Er musste dringend nach Huhmari in die Druckerei, Ahonen hatte alle Anzeigenverkäufer zu einer Krisensitzung einberufen.

»Ja ja«, sagte Suvi ungerührt,»das kommt alle paar Wochen vor: Weltuntergangsstimmung, Konkursszenarien, Androhung von Lohnkürzungen und Kündigungen, Besserungsschwüre, alle lieben sich, Küsschen, Heimfahrt.«

Dann klingelte das Telefon, Suvi nahm ab, es war Ahonen selbst. Sie nickte dauernd, sagte»Ja gut« und»Sicher doch« und machte sich Notizen auf einem alten Pizza-Karton, dann ließ sie den Hörer auf die Gabel sinken.»Tut mir Leid, ich hab ein Interview mit dem Hafenverwalter, es geht um den Streik, du hast bestimmt davon gehört, Befehl aus Moskau, zu blöd jetzt. Wir verschieben die Kellerinspektion auf später, ja? Bin schon weg.« Sie hauchte einen Kuss an sein Ohr, warf Digi-Kamera und Aufnahmegerät in ihren Rucksack und flog zur Tür hinaus.

Erkki setzte sich, er hatte selbst genug zu tun. Seine Story über den lokalen Bandnachwuchs war noch nicht fertig, außerdem musste er einen Haufen Fotos scannen. Von unten dröhnte die Spülung, – einfach so. Ohne Vorwarnung. Mitleidslos. Verloren und von weither. Eigentlich hatte er gewusst, dass es passieren würde, die ganze Zeit schon, die Toilette hatte nur gewartet, bis alle weg waren. Erkki horchte, nichts weiter geschah, dann rauschte die Stille wieder. Erst säuselte sie lästig im Hintergrund, wie ein Gebirgsquell, von dem man nicht recht wusste, was aus ihm werden würde, ein Strom oder sickerndes Nichts, dann sammelte sie sich zu einem Mückenschwarm, dem sich andere flugfähige Insekten anschlossen, und drang, kroch, zirpte durch die Knorpelmäander seines Gehörkanals ins knochenumschlossene Bassin seines Kopfes, in dessen Mitte, grau und stumm, die Verstandesinsel schwamm. Er bekam Kopfschmerzen, handfeste, eine Migräne, wie sie sein sollte, und hatte genug von allem, er wollte es beenden, hier und jetzt. Er schlug sich mit dem Handballen gegen die Schläfe, ein Teil des Schwarms stürzte ins Meer und ertrank nahe den Klippen des Sprachzentrums. Das Rauschen ließ nach.

Er ging zur Kellertür und schaltete das Licht an, seit Tagesanbruch bezog der Himmel von Westen her, grau quellendes Getürm hielt die Sonne in Schach und bestrafte jeden Befreiungsversuch mit der glaubhaften Androhung von Regen. Die eine Hand am Geländer, die andere geballt an der Hüfte, knarzte er die Stufen hinab und wünschte sich, er hätte Suvi irgendwo anders kennen gelernt, in Paris oder Nowosibirsk, dort, wo ein Keller noch ein Keller war. Die Höhleneingänge waren wie sonst, der Phallus-Mann war guter Dinge und das Obszönitätenbrett lud, halb aufschwenkend, links daneben, in die ferne Welt der Frauen. Er trat ein und sofort bemerkte er die kühlen Kacheln des Vorraums, unter den riesenhaften Spiegeln ritten die wüsten, langbärtigen Neptune und drohten mit schwerem Dreizack. Im Hauptraum wurde gerade die letzte Kabinentür entriegelt, Schritte schlurften über die Fliesen und ein Ding, wahrscheinlich ein Mann, absurd in Frack, Zylinder und Gehstock gekleidet, trat heraus. Er war schon lange tot, mindestens ein halbes Jahr, schätzte Erkki, er war kein Pathologe, aber das brauchte er auch nicht zu sein, das hier, dieses Geschöpf, musste irgendwo draußen gelegen haben, so viel konnte selbst er erkennen, vielleicht am Strand oder im Wald. Das Gesicht, eher dessen Verneinung, eine zähnebleckende, hohläugige Fratze, war fast komplett von Wild abgenagt, nur über der linken Wange spannte noch etwas ledrige, lila fermentierende Haut; den Stock hielt eine knöcherne Klaue, an der ein Goldring glänzte, er erinnerte Erkki an einen Ehering. Als sich die Kreatur zu ihm wandte, flog der Frack kurz auf und entblößte Rippenbögen, die mit Frakturnarben übersäht waren, einen blanken, schiefen Brustkorb, auf dessen zerschundenem Grund schwarze Reste von Lungengewebe und ein hellrot glänzendes Muskelstück lagen (es ist Pasi, dachte Erkki, und das hier ist sein Herz, das er Suvi geschenkt hat – er warf die Hände vor den Mund und domestizierte, gerade noch, mit der Disziplin seiner Lippen, ein Grunzen, ein unvergittertes Hyänengekreisch, das, kalahariwild, dem Doppelsack seiner Lungen entstiegen war und in die Freiheit zu brechen drohte). Das Bad stank plötzlich, es stank aus jeder Pore seiner grünschuppigen, kacheligen Haut, wie ein florierendes Schlachthaus am Äquator, das man Hals über Kopf verlassen und sich selbst überlassen hatte, Erkki glaubte, dickleibige, flügellose, gelbe

Fliegen an den Wänden zu sehen, die übereinander herkrochen, sich paarten oder gegenseitig fraßen.

»Da bist du ja endlich«, gluckste das Pasi-Ding, es freute sich ehrlich, aber hohl und einfach, wie ein Kind, ein Pfandjäger, der unverhofft auf ein Nest Einskommafünf-Liter-Flaschen gestoßen war. Es hob den Zylinder mit beinernen Fingerspitzen, denen der rechten Hand, um genau zu sein, an deren Mittelfinger der Ring blinkte. Der präsentierte Totenkopf war kahl und bleich, wie Totenköpfe sein sollten, nur über den Ohren oder da, wo sie einst waren, kräuselten sich Haarbüschel, die, zum Hinterkopf hin dünner werdend, in graue Schattierungen ausliefen, eine Art postmortalen Haarkranz, dessen sich das Gerippe auf groteske Weise zu schämen schien, denn es setzte den Hut gleich wieder auf. Es musste Locken gehabt haben, früher einmal, als sein Erscheinen noch herz- und magenschonender war, es erinnerte Erkki an einen Großindustriellen, wie er, zum Typus geronnen, auf Propagandaplakaten der Kommunisten im finnischen Bürgerkrieg gezeigt wurde: »Arbeiter, der Kapitalismus ist dein Tod!« In der Schule hatten sie diese Zeit kaum behandelt, mehr den religiös verehrten Winterkrieg gegen Stalin, aber er kannte die Plakate von einem Geschichtskurs an der Uni, dem Ding fehlte nur noch ein Monokel, aber wozu brauchte es eins, es sah auch ohne ganz gut (es sieht überhaupt ganz gut für jemanden, der keine Augen mehr hat, schrie eine Stimme in ihm, und auch sonst scheint es recht gut beieinander zu sein, dafür, dass es schon lange *tot* ist!!).

»Entschuldige mein etwas … äh … transparentes Auftreten«, meckerten klaffende, gelbholzige Zahnreihen, hinten links, unter der knöchernen Kuppel des Gaumens, blinkte einsam eine Krone. »Aber acht Monate Meeresoxidation sind kein Verjüngungsbad, dazu die Fische«, Pasi schüttelte den Kopf, Nackenwirbel mahlten, »ich wusste gar nicht, dass es noch so viele in der Ostsee gibt, das sollte man den Umweltschützern mal sagen, die jammern doch immer. Ich hätte es fast bis Riga geschafft, ja, da staunst du, was?« Er wirkte stolz, als wäre er die Strecke nicht getrieben, sondern geschwommen. »Aber dann hat mich eine Rentnerin am Ufer gefunden, ich glaube, die geht jetzt woanders spazieren, hihi.«

»Was ist mit dir passiert?«, fragte Erkki gelassen, so gelassen, dass er über seine Gelassenheit mehr erschrak, als er über das Auftreten eines sprechenden Leichnams an sich verpflichtet gewesen wäre, ein Teil von ihm glaubte immer noch, wollte glauben, das alles sei Teil einer gigantischen Inszenierung.

»Suvi«, knirschten karge Kiefer, es klang, als würde Sandpapier über Zementblöcke schleifen, »ich habe mich ihretwegen umgebracht, hast du das nicht gewusst, hat euch Ahonen, der Mistkerl, nicht informiert? Hab mich einfach auf die Felsen am Meer gesetzt, da oben in Hangonkylä, am Hafen, und mir was Schäumendes, Überdosiertes gemischt. Zur Sicherheit hab ich noch nachgespült, ein Absacker sozusagen, mit dem billigsten Schnaps, den ich kriegen konnte, irgendeinem rosa Zeug, das im Regal ganz hinten stand, als würde es sich schämen, das Etikett sah aus wie das einer Shampooflasche und ehrlicherweise versprach es auch keinen zeitlosen Zungenzauber, sondern warnte nur vor abführender Wirkung bei übermäßigem Genuss, wozu außer Selbstmord trinken andere das bloß? Ja, und dann muss ich wohl ins Wasser gekollert sein, platsch, und bin ertrunken, gluckgluck, aber davon hab ich natürlich nichts mehr gemerkt bei der Dröhnung. Monate später, bei der Leichenöffnung in Riga, dieses Wort hatte in meinem Fall allerdings nur noch rhetorische Bedeutung, konnte man nicht mehr feststellen, was zum Tode geführt hat: Überdosis oder Meerwasser, aber niemand hängt sich seinen Befund schließlich übers Bett, nicht wahr?« Totenhöhlen sahen ihn an, Erkki glaubte, das Ding würde grinsen, aber Skelette grinsten ja immer.

»Hör zu.« Erkki dämpfte die Stimme. »Ich weiß nicht, warum mein Verstand nicht protestiert, dich als beste Halloween-Verkleidung des Jahres wahrzunehmen, aber was hat das alles mit mir zu tun? Tut mir ja leid, die Sache mit Suvi, deine, äh, Seereise nach Lettland, aber …?«

»Warte«, schmatzte die Leiche wie aufeinanderklatschendes, verdorbenes Fleisch; sie schien periodisch, nur für Sekunden, an Substanz zurückzugewinnen, Erkki konnte Konturen, den geröteten Umriss einer Gestalt, erkennen. »Ich bin noch nicht fertig. Als ich hier anfing mit Übersetzen, war ich pleite und fertig wie du, doch dann habe ich mich in Suvi verliebt und ich dachte, mein Leben habe wieder einen Sinn. Ich war nur so elend schüchtern, ich konnte mich ihr nicht mitteilen, in keinster Weise. Und selbst wenn ich's gekonnt hätte, wusste ich nicht, ob ich ihr Nein ertragen hätte. Ich war verzweifelt.«

Erkki wollte etwas sagen, aber der Leichnam gebot ihm zu schweigen, er fuhr mit der Klaue zum Unterkiefer, reckte den Zeigefingerknochen empor und machte: »Schschschscht.« Man wusste nicht, ob er das Geräusch selbst produzierte oder einfach die Luft vom Kellerfenster durch sich hindurchwehen ließ. Erkki hörte wieder Rauschen, aber kein majestätisches, es war nur der Regen, der draußen einsetzte. »Und dann musste ich runter in dieses, dieses Loch hier und putzen, Ahonen hatte mir das eingebrockt«, (soso, dachte Erkki), »es war entsetzlich, ich musste so was wie Pionierarbeit leisten.« Das Skelett simulierte Wischbewegungen, Erkki hielt sich die Hand vor den Mund, um nicht anzufangen zu kichern. »Aber dann geschah etwas Seltsames, der Raum veränderte sich; hier wuchsen plötzlich Kacheln aus den Wänden, nicht wie Blätter an einem Baum, sondern schneller, umfassender, die neuen, grünen überzogen die alten wie Schatten, vielleicht ist Wachsen das falsche Wort, es war mehr wie ein Umschalten in einen anderen Zustand. – Klick.« Die K-Laute polterten wie Kieselsteine in einen verrosteten Eimer. »Die Waschbecken wurden zu Marmor, der Raum pulsierte, er atmete«, der Schnitter wechselte aufs andere Bein, Gelenke ächzten, »es war wunderschön. Wenn ich aus dem Fenster sah, fuhren draußen Oldtimer vorbei, Spaziergänger trugen Backenbärte, Streifenhosen, Melonen oder Strohhüte, die Frauen gingen in langen, wallenden Gewändern, unter riesigen Hüten, manche verschwanden gar unter Sonnenschirmen, groß wie Wagenräder. Der Raum wurde mein Zuhause, Stimmen flüsterten mir zu, kannst du dir das vorstellen? Wir unterhielten uns auf Schwedisch, wusstest du, dass die schwedische Botschaft da oben in der Redaktion bis in die dreißiger Jahre hinein ein Übersetzungsbüro unterhielt, verrückt, nicht? Danach standen die Räume leer, lange Jahre, die Stimmen sagten, alles sei verrottet, bis die Hanko-Zeitung kam, alles aufkaufte und renovierte. Einige der Stimmen, schwedische, es gibt auch finnische, aber mit denen rede ich nicht oft, erzählten, in den Jahren des Verfalls hätten Schmuggler die Toiletten als Lagerraum genutzt. Vermutlich stammt das Türgekritzel aus der Zeit.«

»Danke für die Gebäudeführung, aber warum erzählst du mir das alles?« Erkkis Gelassenheit rumpelte unbekümmert weiter, wie ein gut geölter Motor, es musste eine Art natürlicher Schutzreflex sein, ein Notprogramm, eine Lähmung, die verhinderte durchzudrehen.

»Der Raum, seine grüne Kühle gaben mir Kraft«, zischten ranzige Stimmbänder; erneut kehrten Ansätze von Fleischlichkeit, Fragmente, Erinnerungen an eine Stimme zurück, dann klapperten wieder morsche, leblose Kiefer. »Die Stimmen redeten mir zu, mich Suvi zu nähern. Einmal, als ich wieder putzte, stand plötzlich ein Grammophon unter dem Waschbecken, auf dem anderen lagen altmodische Klamotten in meiner Größe.« Erkki dachte an Aschenputtel, stiefmutterböses, schuhklapperndes Gelächter stieg in ihm auf, wurde aber märchenhaft rechtzeitig gebremst. »Das solle mir helfen, sagten die Stimmen, so würde ich sie gewinnen. Aber dann veränderten sie sich, sie wurden hinterhältig, gemein, sie hätten herausgefunden, dass sie eine Hure sei, dass sie mit jedem ins Bett ginge und dass ich die Finger von ihr lassen solle. Ich war gekränkt, nichts von dem konnte und wollte ich glauben, – dennoch nahm ich die Sachen mit und arrangierte einen Abend, nur für Suvi und mich. Aber sie wies mich zurück und ging verärgert nach Hause. Ich war am Ende. Ab da begann ich, Dinge zu sehen, Szenen, Bilder, hier auf den Kacheln, Abläufe, die Suvi zeigten, Suvi, die ich liebte, wie sie's mit anderen trieb; manchmal sah man es nur auf einer Fliese, winzig klein, kaum zu erkennen, ein andermal hässlich groß, auf der ganzen Wand, fast wie im Kino. Es war, als wollten sich die Stimmen rächen, weil ich eigenmächtig gehandelt hatte. Die Projektionen kamen immer wieder, und das Schlimmste war, dass ich hingesehen habe, verstehst du, ich habe hingesehen, um mich selbst für meinen Frevel zu bestrafen …«

Es reichte. Erkki Lehtinen reichte es. Genug war's und zu viel. An Inszenierungen glaubte er seit kurzem nicht mehr, Alternativerklärungen hätten jedoch den Schutzmechanismus in seinem Kopf zerstört, und das wollte er nicht, die Gelassenheit war ein wohliges Wattenest, ein über allem Irrsinn sich erhebender Adlerhorst, unantastbar, frisch umweht, kuschelig und warm, ein Freiraum zum Atmen. Möglich waren also nur Annäherungen an das Unaussprechliche, Diplomatie, daher unterbreitete er seinem Verstand den Vorschlag, unter den gegebenen Umständen zumindest die Idee eines sprechenden Skeletts zu akzeptieren. Dass es hier vor ihm stand, musste ja nicht heißen, dass es wirklich existierte, vielleicht war es selbst nur eine jener Projektionen, von denen es faselte, was allerdings bedeutete, dass Erkki es nicht nur sah, sondern auch den Müll hörte, den es erzählte, und das wiederum machte seine Existenz wahrscheinlicher, – ein Gedanke, den seine innere Schutzschranke partout nicht passieren zu lassen gewillt war. Es war wie verhext.

Zudem machte ihn der Gedanke nervös, wohlgemerkt nur der, nicht die Gewissheit oder Überzeugung oder so, nein, nein, der Gedanke allein reichte schon, dass dieses Klo von irgendwelchen jenseitigen Stimmen zeitweilig in eine Art höllisches Porno-Kino verwandelt wurde, in dem ertrunkene Schwedisch-Übersetzer, die bereits vor ihrem Tod gaga waren, posthum ihre Frauenkomplexe kompensierten. Und erst recht unbehaglich fand er die Vorstellung, nur die, von Tatsachen konnte ja wohl kaum die Rede sein, dass seine Freundin bei allem die Hauptrolle spielte, ja das war bei allem das Unbehaglichste. Er wollte gerade seine Einwände diesbezüglich äußern oder besser: er wollte dem Knochenmann sagen, wie dämlich er ihn und die ganze Situation mittlerweile fand, als der, nicht ohne Pathos, weinerlich, aber naturbedingt nicht weinen könnend, gleichsam zu knochentrockenen Tränen gerührt, zur Sache kam: »Und jetzt haben mir die Stimmen gesagt, dass ich dich retten soll, vor ihr, du seist schließlich auch Schwedisch-Übersetzer, so wie viele von uns. Und daher müsse man dich herüberholen, man müsse schließlich zusammenhalten gegen die Furie, den Drachen, das Gezücht.«

Erkkis Nackenhaar richtete sich auf, alle Alarmglocken läuteten, sein Sicherungssystem flackerte, er hatte zwei, dies schützte vor unmittelbarer Bedrohung von Leib und Leben. Bisher war Pasi als harmloser Geschichtenerzähler aufgetreten, in gewagtem Outfit zwar, kein Zweifel, aber doch harmlos, jetzt hingegen wetzte er die Krallen und setzte zum Sprung an. Erkki fühlte sich zum ersten Mal wirklich bedroht. »Und wohin rüberholen, wenn ich fragen darf?« Seine Stimme klang trocken, etwas heiser, sie hatte den spöttischen Unterton des Zweiflers.

Augenhöhlen klafften schwarz und bedrohlich, Erkki meinte, Kerzenlichter darin zu sehen; es sah aus, als sei Pasi erstaunt, entrüstet, geradezu splitternd tief getroffen in Mark und Bein. Seine Knochenklaue, die mit dem Goldring, Erkki erkannte jetzt ein seltsames Symbol darauf, es ähnelte von weitem dem schwedischen Staatswappen, umfasste den Spazierstock und schmetterte ihn gegen die Kacheln. Das Echo müsste durchs ganze Haus hallen, dachte Erkki, doch er wusste, dass nur er es hörte.

»Da hinter die Wände wollen wir dich holen, ja weißt du das denn nicht?! Dort *leben* wir!!« Die Pasi-Mumie war außer sich vor Wut; sie raste in kindlich-uferlosem Zorn, schimpfte und quiekte wie ein beschädigtes, rattenquellendes Abwasserrohr, Zweifel an ihrem Lebensraum, ihrem Erbland, ihrem ureigensten, dynastischen Grund, war Majestätsbeleidigung: Wie konnte man einen Thronfolger, einen Erwählten nach seinem Reich befragen, ja schlimmer noch: es *in Frage stellen*? »Wir alle«, wiederholte der knöcherne Prinz, nun mit gedämpfter, gönnerhafter Stimme, langsam, aber verständnislos und gereizt, als spräche er zu einem begriffsstutzigen Lakaien, »in einer gigantischen, flüsternden Einheit aus Beinwerk …!«

Hier brach er ab und kollabierte einfach, in anklagendem, bröckelnden Zorn, der Sukzessor zerfiel, mit Sinn für Bühne und Szenisches natürlich, aber er zerfiel, etwas ließ ihn auseinander brechen. Unterhalb der Kniescheiben (Erkki fragte sich, wie die sich eigentlich hielten bei einem stehenden Skelett) knackte alles weg, es klang, als träte man in eine Schale frischer Chips. Er fiel, hölzern und beleidigt, auf die porösen Stümpfe seiner Oberschenkel und riss, hilfesuchend und empört zugleich, Handwurzelknochen, Ellen und Speichen empor, der Gehstock flog ellipsenförmig durch die Luft und landete, sich überschlagend und schwer, neben der Kabine, aus der er gekommen war. Dann krachte er rücklings auf die Fliesen, abgetrennte, zerbröselnde, pulverisierende Schienbeine und Wadenknochen, an denen teerschwarze, todschicke Lackschuhe klebten, polterten und streuten aus seiner sündteuren, adelblutblau karierten Hose wie aus einem Röhrensystem, das dem der Ölheizung im Vorraum glich. Erkki trat zurück, er setzte nach.

»Hör zu, äh ... Knochenheini«, etwas Besseres fiel ihm nicht ein, »also, ich denke, da hinter der Wand ist, mal abgesehen von den Leitungen, nichts als Beton, wie sich das für anständige Wände so gehört, also nichts mit flüsternden Einheiten oder so.« Er machte engagiert-sorgfältige Scheibenwischerbewegungen vor seinem Gesicht. »Darüber hinaus ist das, was du erzählst ...«, er suchte nach einem passenden Wort, erst viel ihm »Bullshit« ein, aber dann kam er auf ein anderes, gnädigeres, der Knochenheini begann, ihm leid zu tun, »... Nonsens, ja genau, ausgesprochener Nonsens ist das. Außerdem ...«, er schämte sich fast, »... gilt das auch für dich«, es klang, als erklärte Gepetto Pinocchio, er sei kein Mensch, sondern eine Holzpuppe, »du bist eine Attrappe, eine sehr, sehr gute natürlich«, fügte er schnell und bewundernd hinzu, »aber eine Attrappe, eine, nun, eine Requisite.«

Der Heini blubberte und blökte, er schob sich, trotzig und verstockt, auf den Dornfortsätzen seiner Rückenwirbel voran, knirschend und zerknirscht, im Zickzack rollend, blind, von Wahrheit gestürzt und Ignoranz entthront, seine Arme ruderten und durchpflügten die Regenluft, die vom Fenster hereinwehte, in hündischen, hilflos-protestierenden Bewegungen, alles, alles sei wahr, er werde ihn mitnehmen und dann werde er ja sehen, er würde Teil der Gemeinschaft, der Beinschaft (er benutzte tatsächlich das Wort »Beinschaft«, Erkki hatte es noch nie gehört, er hielt es schlicht für eine Erfindung), das sei sein Schicksal. Aus seinem zerrinnenden, rieselnden Maul quoll gelber fetter Rauch, Erkki trat in den Vorraum, rückwärts, ohne den Blick abzuwenden, und für einen winzigen Augenblick sah er Pasi, wie er wirklich war, eingefasst und überzogen mit etlichen, vielleicht ein paar übergebührlichen Kilo Fleisch und Fett und einer blassen, mattgrau schimmernden Haut, gekleidet in den letzten Schrei, ein Modegänger, die Neuauflage eines Dandys der zwanziger Jahre, stilaktualisiert, in moderne, ja mutig-frechste Schale geworfen – ein junger Mann auch, und Erkki erschrak, als er das sah, dessen Augen seinen verblüffend ähnelten, er hatte das beklemmende Gefühl, sich selbst beim Zerfall zuzusehen. Seine, Pasis Augen, brachen, ihr kühles, wässriges Blau wurde von einem Schleier schmutzig-staubigen Graus überzogen, der ihn so tot aussehen ließ, wie er längst war.

Alles löste sich auf, der Boden nahm das Geschöpf auf, nichts blieb zurück. Erkki taumelte zum Waschbecken, das degeneriert war zu profaner, herrlicher Emaille, und hielt den überhitzten, glühenden Kopf unter sprudelndes Wasser, das nicht mehr aus dicklippigen Delphinmündern quoll, sondern sensationell ordinären Wasserhähnen, die schon leicht Kalk ansetzten und ekzemisch leuchtenden Rost. Er sah auf und erblickte sein triefendes, treues Gesicht, kunstlos eingerahmt durch nichts als kühle Kanten, in einem Spiegel, dessen Bezeichnung im Bestellkatalog sicher »WC-Spiegel, Standard« war. Dann fuhr er zusammen, einen Wimperschlag lang dachte er, es sei noch nicht vorüber, Pasi sei zurück, ihn zu holen, so sehr ähnelten seine Augen den seinen. Merkwürdig, dass Suvi das nie erwähnt hatte. Oben schwang eine Tür auf, eine Frauenstimme sang seinen Namen, es klang Schwedisch. Erkki flog die Treppe hinauf.

Nach Lahti

Im sommerlichen Morgennebel verlässt ein Zug die Stadt, die Riihimäki heißt. Eine oblatenrunde Halbkurve wirft ihn plötzlich in Schräglage, spitzer Schrei vorn, Kniefall hinten, dann läuft er vom Stapel, polternd und tauflos, hinein in tosende Taiga, Kieferngeschäum, Fichtengezack und Birkengefleck.

Beiderseits der Gleise wandert die grüne Dünung dahin, eilig, treibend, sich hier und da zäh überschlagend; Dohlenschwärme spritzen empor, entzwei, in tausend Stücke, gerissen aus tiefstem krähischem Schlaf, aufgeregte Schnäbel flattern in trübe Schwaden und Nachtreste davon und verkleben irgendwo unterm Horizont wieder zu einem riesigen schlafenden Ball. Zwischendurch blitzt, was kommen wird, verhalten nur, kaum zu erahnen, zwischen kühlen Wäldern und Bergen wetterleuchten die Sandstrände morgendlicher weizenstarrender Felder. Dann glättet sich die See, es wird plötzlich still, kein Luftzug ist zu spüren, nur der Horizont glüht und wimmert – dann klafft er wund auseinander und die Schenkel der Dämmerung gebären jungen, dampfenden Morgen.

Ein Schaffner – Flammenhaarkranz, ädrige Wangen, Tränensäcke – rötet durch den rumpelnden Rumpf.

»Die Karten bitte. Danke.«

Und weiter, vorbei an dunklen Seen, die in der Sonne zu jungen, kreischenden Meeren explodieren, betäubenden, blendenden Spiegeln, von deren flirrender Wut nur der vorbeifliegende Schwarztann erlöst. An den Ufern schmachten Verhaue, klein, bunt gestrichen und lieb, Biederoasen, Altäre, Refugien, Sanktuarien artiger, konform-kontrollierter Sommerausgelassenheit. Tropisch draller, hundgroßer Rhabarber wacht im Schatten verwitterter Bäume und grenzt an Gärten, die sich bis zum Seeufer dehnen, in kleinen, geheimnisvollen Buchten umspült das Wasser Schilf und Seerosen und gänsehäutet sich weiter draußen im Sommerwind. Der Ruf eines Prachttauchers ertönt vom gegenüberliegenden Ufer, schwillt an, wird fett und zerfasert irgendwo über dem See. Entenclans, Rohrdommeln, schwarzäugige, engelflügelige Schwäne gar ziehen vorüber, in weiter Ferne, kaum zu erahnen, zieht ein Mann ein zuckendes, atmendes Organ aus den Wellen, über ihm hängt ein Klumpen, eine Flagge, eine graufedrige Verdichtung, ein Pulk, ein Volk, gelbschnabeliges, gackerndes Möwengewölk.

Jäh zerreißt granitener Fels die Idylle, schroff abfallende, von Moos und Flechten befallene Hänge nähern sich bedrohlich den Schienen, da, da vorn, fast hätte ein schwarzer Grat die Scheibe zerrissen! Dann ein Mond, links und rechts tote Weite, Staub und Geröll überziehen den Planeten, Wolkenfahnen flankieren den Zug, da besingt eine Stimme den allerersten Halt: Oitti. Niemand steigt ein, niemand steigt aus.

Eine Fabrikruine, zugiger Zeuge industrieller Blüten, ist das Wahrzeichen des nächsten Ortes, Hikiä. Drei ältere Damen und ein verwegen aussehender Junge betreten den schnaufenden Stahl. Die Damen, alle Hut, zwei mit Pfauenfeder, verkriechen sich schnurstracks vor dem Kind, das vor dem Einsteigen noch durstig an einer Filterlosen saugt, – ein Stummel zischt unter heiße, metallene Räder. Es öffnet die Tür, blickt in den Rumpf und wirft sich auf einen der Fenstersitze – direkt vor den Frauen. Ihr Tuscheln vertrocknet zu sandigem Hüsteln, sie rümpfen faltige Nasen, rümpfen sie in groben Wellen hinauf bis zur Wurzel, die Oberlippe bebt, bebt und hebt den Vorhang für aristokratisch fletschende Zähne, dritte bestimmt. Warum? Der Junge, das Kind, ist ein Heavy, ein Dorf-Heavy vielmehr, das ländlich-bäuerliche Pendant zum großstädtischen Ausleber hemmungsbefreiter Geräuschpubertät. Er ist einer der Letzten seiner Art, ein jugendsoziologisches Phänomen, eigentlich dürfte es ihn gar nicht mehr geben, irgendwo, in einem fernen

Land, musste ein Reservat sein, ein Heavy-Nationalpark, gleich neben dem Punk-Streichelzoo, gegenüber dem Gruftie-Ghetto, dort durften sie ihre Musik hören und ihre Riten pflegen und manchmal, ja, manchmal durfte einer raus, um Besorgungen zu machen. Er ist ein lebender Anachronismus, ein Wiedergänger, eine Rarität, ein Diadem, und da er traditionsbewusst ist, lässt er nichts aus: Lange, ölig schwarze Strähnen bebuttern den schildartigen Rückenaufnäher seiner söldnerischen Rüstung, Nase und Lippen sind von Piercings durchstoßen und lösen bei den Damen spontane Phantomschmerzen aus, an sämtlichen Fingern grinsen Schädelringe, die Unterärmchen, das eine neurodermitisch, das andere ekzemisch und beide recht rot, sind bis zum Ellböglein in nagelbewehrte Riemen gezurrt, darüber lodert, in zackigem, zusätzlichem Rot, ein »I rot alive«-Tattoo. An den Beinen, skandalös dürr, milchflaschenweiß und die Tattoo-Aussage in den Bereich des Möglichen rückend, wachsen organische Jeans-Shorts herab, hartes Heavy-Wort hatte einst eine Karriere als Hose verweigert. Er lächelt, doch doch, er lächelt, durch das Gitter bedrohter, schon angegriffener, ja schonungslos überfallener Zähne, zweite bestimmt.

»Morgen die Damen, wo soll's denn hingehen so früh?«

Die Frauen gefrieren, eine zittert schon. Oh Gott, denken alle zugleich, er kann sprechen, und er meint uns, wir sind die Einzigen im Abteil!

Stille. Still. Noch stiller. Und dann – eine Reaktion: »Also«, riskiert die Älteste, »wir fahren nach Lahti, um eine Freundin im Seniorenheim zu besuchen.« Nervös, von Angst umschäumt, flackert ihr Blick zu den anderen. »Und Sie, junger Mann, wohin fahren Sie?«

Das Heavy-Kind sieht zu den Gepäckfächern hinauf, zielt kurz und wirft einen zum Bersten mit Bierflaschen gefüllten Rucksack hinauf. »Verzeihen Sie«, sagt es höflich, seine Stimme läutet rein und hell wie Weihnachtsglöckchen, Engelssirenen,

kein keuchender, geifernder Stimmbruch hat ihr die Unbe-
fleckheit genommen, »bin auf dem Weg nach Lahti, treff einen
Freund dort, Party-Time, schließlich ist Freitag, nicht wahr?«
Vom Verhalten des Jünglings tief überrascht, schleicht nun,
hinterrücks und rückgratlos, die Jüngste ins Gespräch und
beginnt mit einer geleckten Hymne auf Jugend und Anstand.
Ihre Erleichterung bricht sich schlammige Bahn, die Worte
schwappen nur so aus ihr hervor, sie plappert, redet Amok,
blökt, schnattert, haspelt, winselt, quakt alles kurz und klein.
Ihre Freundin links beruhigt sie, während die andere, routi-
niert, aber eilig, ein silbernes Döschen aus ihrer Krokodilleder-
tasche zieht und der Blökenden eine kunstrasengrüne Kapsel
wie eine Kommunion auf die Zunge legt. Ihre Haut sieht aus
wie die Handtasche, denkt das Heavy-Kind, sie ist eine Eidechse. Zittrig fährt ihre Chamäleonzunge zurück.

»Stimmt«, trällert das Kind, »wir haben – wie nennen Sie
das noch? – Schneid, ja genau, Schneid, man tut uns da oft
Unrecht, alles in allem sind wir bambilieb.« Rehaugen lächeln braun, der Mund öffnet sich, selbst die vorderen Eckzähne haben Füllungen, Weingummitribut, das Kind blinzelt
nach rechts und träumt aus dem Fenster, Gedanken tropfen
auf ratternde Schienen, dann legt es nach: »Aber die ältere
Generation« – gütiger Blick auf die drei – »hat da einiges mehr
auf dem Kerbholz!«

Die Damen gaffen sich an, ein großes, unsichtbares Fragezeichen schnurrt über ihren Pfauenfedern.

»Wie … wie meinen Sie denn das?«, traut sich die in der Mitte
und nestelt, knetet, nein würgt an einem Spitzentaschentuch
herum.

»Nun ja«, holt der Dorf-Heavy aus, »mein Großvater erzählt
mir manchmal Geschichten von früher, den guten alten Zeiten,
Sie wissen schon«, plötzlich sticht ein Zeigefinger nach oben,
von beringter, geisterschiffsegelbleicher Hand geführt, ein To-

tenkopf grinst verschlagen,»und was da so gemacht wurde, ich meine die organisierte Entwendung von Obstwaren, genau, verharmlosend auch Äpfelklauen genannt.«Er blickt den dreien dududu-tadelnd ins graue Gesicht.»Ganz ohne Zweifel erfüllt das ja alle Tatbestandsmerkmale des *Diebstahls*!«

Dunkelrote Entrüstung infiziert drei Gesichter, drei empörte, alterssprode Lippen formen ein stummes, fischmäuliges O, dann nachdenkliches Runzeln der ohnehin schon runzligen Stirn, um schließlich – man ist sich einig – wieder leidenschaftlich entrüstet zu sein.

»Papperlapapp«, schnarrt die Linke,»das waren doch nur Streiche, junger Mann, harmlose Abenteuerchen, die niemandem wehtaten ...«

»Wehtun.« Der Junge wirft die Fäuste in die Luft und simuliert eine Schlägerei, alle zehn Totenköpfe jubeln in der Sonne.»Geprügelt haben die sich damals, sagt mein Opa, regelrecht grün und blau geschlagen. Auf Tango-Festen kam es regelmäßig zu Tumulten, Sie wissen das sicher, meist ging es um ein Mädchen oder Geld, statistisch die Hauptmotive für Verbrechen übrigens: Eifersucht und Habgier. Also heute würde so was geahndet, sage ich Ihnen, verfolgt, geahndet, gesühnt, wo kämen wir denn da hin, Kriminelle, gerade die solchen Schlags, solchen Schlags, Sie verstehen, Schlags, kleiner Scherz, haha, also die bekämen zackzack oder, um im Bilde zu bleiben, faustschnell einen Prozess wegen Körperverletzung an den Hals, rumms, schwerer Körperverletzung sogar, wenn man dem, was mein Opa sagt, auch nur zur Hälfte glauben darf. Im Glücksfall, und da müsste Papa schon jemanden mit Einfluss und Robe kennen, könnten die sechs Wochen im Sommer Parkbänke entkoten und Beete bestellen, eine Maßnahme von eher gärtnerischem Wert als disziplinarischem, wie ich hinzufügen muss. Bei Volljährigkeit hingegen würde, wie man so sagt, die volle Härte des Gesetzes zum Tragen kommen, und das hieße, ganz recht, Erwachsenenstrafvollzug. Bei mangelnder Einsichtsfähigkeit des Delinquenten, und das kommt vor, meine Damen, Sie würden sich wundern, bei mangelndem Unrechtsverständnis also darf zwar noch der drohende Finger des Jugendstrafrechts erhoben werden – bis zu einem gewissen Alter jedenfalls, das System ist gnädig –, doch ist davon Abstand zu nehmen, denke ich, unverhältnismäßige Milde hat nur fatale Signalwirkung. Was ich sagen will, schlussendlich, ist, dass der gemeine, aber fatal verharmloste Straftäter Ihrer Epoche, der fröhlich raufende Apfeldieb von nebenan, heute, mit Verlaub, im Knast vor sich hinstinken würde.«

Er lehnt sich zurück und verschränkt, waldstill und borkenkäferruhig, astdünne Arme im Nacken, der Rucksack über ihm verrutscht und die Bierflaschen schlagen glücklich aneinander. Dann beugt er sich wie eine winderfasste Nadelschonung nach vorn: »Früher soll aber alles besser gewesen sein, schwört mein Opa, nein wirklich, ausnahmslos alles.« Der Heavy schüttelt den langknochigen, gedankengedehnten Kopf, sein Fetthaar streicht müde um Schläfen und Wangen. »Schwer zu glauben bei all der Brutalität, der Respektlosigkeit vor privatem Eigentum, der Missachtung einfachster Grundsätze menschlichen Zusammenlebens, ja, ich denke, man könnte durchaus von einem Zustand der Rechtlosigkeit, der Verrohung, des Chaos sprechen. Dabei ist der Rechtsstaat, ich betone das, eine der elementarsten Errungenschaften der europäischen Moderne, des Humanismus, der Aufklärung, meine Damen, als deren Kinder, nun, Urenkel, gewiss aber deren Nutznießer auch Sie in einer Welt der Sicherheit und Ordnung hätten aufwachsen dürfen. Gab es denn keine Werte für Sie damals, Prinzipien, Ideen von Recht und Gesetz? Für mich, aber ich glaube, ich spreche für die heutige Jugend selbst, für uns also wäre eine Anarchie wie die Ihre, eine stillose, würdelose Entfesselung alles Niedrigen und Unvollkommenen, ganz und gar unerträglich gewesen, undenkbar, ich, hoppla wir, sind endlos dankbar dafür, in eine gesittete, zivilisierte Welt geboren zu sein, in der Gesetz und Respekt vor Gut und Gesundheit des anderen noch etwas bedeuten.«

Die Echsen-Pfaue sind perplex, bis ins Mark ihrer porösen Knochen getroffen von der dröhnenden Leuchtkraft des jungen Anwalts, der Prozess ist verloren, das Urteil lautet: Tod durch weiterleben und wird sofort vollstreckt, der Gerichtssaal donnert weiter und alle schweigen, als der Schaffner die Karten kontrolliert. Wortlos sind auch die Leute, die in Järvelä, dem nächsten Ort, einsteigen. Im Wartehäuschen des Bahnsteigs kauern krumme Kauze in Trainingsanzügen, die bereits morgens Bier trinken. Sie halten konzentriert Karten vor schwarzen, zerstörten Gesichtern, werfen sie fluchend aus zigarettenfiltergelben, derben Händen – ein wilder, zerlumpter Zirkel –, doch als der Zug weiterfährt, winken sie mit ihren Karhu-, Karjala- und Koff-Bier-Baseballmützen den Fahrgästen zu. Die Zeit steht still hier am Morgen, eine skandinavische Siesta verwaltet, honigzäh und süß, die hufscharrende, aufmüpfige Frühe: Niemand hetzt oder hastet, treibt oder drängt, alles geht seinen gewohnten Gang, nur langsamer, reduzierter.

Und weiter nach Osten! In die Röte, in den Morgen, über Lappila nach Herala! Kurz vor Erreichen des Ortes springt ein Findling ins Auge. Nahe den Gleisen strahlt er auf einer Lichtung, wie der Opferstein eines heidnischen Ordens, doch hat jemand darauf, halbmeterzittrig und dornenhauptrot, »Jesus on herra« (Jesus ist der Herr) gepinselt. Religiöse Eiferer? Hier? Aber ja doch, ja, hier, gerade hier ist die Erde wurmschwer und fett, überall schießen keimende Kinder neben der sterbenden Staude, der Mutter, der Stifterin, der infizierten, verlausten Luther-Pflanze empor, weiteres Blattwerk gebärend, Sekten, Sämlinge, gebetschnaubende Ableger kalbend, weltzornige Enkel sauend – Apokalypseapostel, Fötenverehrer, Gesellschaften,

Kirchen, Bewegungen, Bünde obskur-bizarrster Art, blühend sich erhebend aus dem Dunghass der Glaubwütigen, dem Hassdung der Wutgläubigen.

Erneut hustet der irische Kondukteur ins Abteil und röchelt nach Zugestiegenen, der Leuchtturm seiner Uniform dreht sich im Halbkreis, routinierte, in fleischrote Polster gebettete Augen schweifen über die Sitze, niemand gibt ein Zeichen, also rollt er weiter.

Eine schwarzrote, organische Dampflok einer anderen Zeit, zarisch-antik zischend, hauchend, von früher raunend, zeitlebens überhitzt gefahren, noch nicht alt genug fürs Rangiergleis, aber bereits zu erschöpft für den nächsten Bahnhof. Herala besticht durch ein Sägewerk verschwenderischen Ausmaßes. Flankiert von kleinen, bewaldeten Hügeln, fliegen, das Fabrikgebäude höhnisch überragend, junge, hungrige Hallen einem einsamen, buntholzigen Dorf entgegen. Das Geschütz einer Pumpe befeuert dankende Holzgebirge mit tropfenden Regenbögen, in denen Kinder umherspringen, die Hände schützend erhoben über lachenden, buttergelben Köpfen. Eines, ein dunkleres, tritt neu hinzu, ahnt nicht, was kommt, blinzelt gegen die Sonne und wird voll getroffen, sein erschrockenes Weinen geht unter im Kreischen der anderen. Die Schwester kommt, sie muss es sein, sie sehen sich so ähnlich, packt es aufs Fahrrad und sie fahren triefend hinab, über Schotter und Kies, Stock und Stein, durch zirpenden Sommer und große Tage, hinab zum Kiosk am Seeufer, am Ende der Welt.

Nach und nach erscheinen größere Gebäude am Horizont, sie künden von Lahti, der Stadt des Lichts und des Sommers. Die Boten mehren sich rasch, links der Gleise lösen ausladende Wohnanlagen die ländlichen Holzhäuser ab, der Blick nach rechts öffnet das Tor in eine weite, surreale Elfenwelt: Das Land, ein fortstürmendes, entfesseltes, baumbuntes Schachbrett-Plateau, scheint hier direkt ins All zu kippen, ja selbst All zu werden, alles verschiebt sich, zerläuft, zerrinnt, Wolkentürme endloser Formenfülle streben und quellen in immer tiefer blauendes Nichts, hier ragt ein Schloss, eine Feste, in schwindelnde Höhe, dort tosen Wasserfälle in neblige Schlünde, darüber hinweg dröhnt eine Herde Einhörner, goldenen Schaum vor dampfenden Nüstern. Entfernungen sind bedeutungslos, wer könnte sie schätzen? Wie weit mag es bis zu den Bergen dort sein? Sieben Kilometer, siebzig? Die Sonne hüpft durch, grinst gelb und schleudert eine Arena auf die Wipfel versunkener Wälder, harmlose, zitternde Strahlengebilde werden von wölfischen, dunklen Flächen gejagt, erlegt, zerrissen, gehen ineinander über oder lösen sich abrupt auf.

Ein Betrunkener kracht ins Abteil, stolpert und landet schwer neben einem kleinen Mädchen, das vom Fleck weg zu heulen beginnt.

»Ruhig, bl-blöde Göre«, lallt der junge, galoppierend gealterte Mann. Er hebt den Zeigefinger, um ihn an die Lippen zu führen, sticht aber nur in die Wange. »Pssssst, du weckst ja alle auf!«

Grunzen im Zug, einige blicken betreten zu Boden. Der Mann bückt sich und sucht die halb leere Flasche Koskenkorva-Schnaps, die ihm beim Sturz unter die Sitze geschossen ist. Da er sie nicht findet, fällt er auf die Knie, zerschunden und bereit jetzt zu pilgernder Suche, fällt weiter, auf die Hände, in Demut und Dreck, und schnüffelt, tief unten, wie ein Hund im Abteil herum. Eine alte Frau gibt ihm einen Fußtritt, als er versucht, zwischen ihren Beinen hindurchzurobben.

»Unverschämter Kerl!«, bellt sie ihn an. »Schämen solltest du dich, und zwar von morgens bis abends, dreckig und betrunken, wie du bist.«

Das gehe nicht, entgegnet der Mann, sein Kopf lugt zwischen ihren Schenkeln, zum Schämen sei er zu betrunken. Aber morgen eventuell, da werde er sich schämen, so richtig mit Hingabe; er wolle sich auch Zeit dafür nehmen, den ganzen

Tag wohl nicht, das sei ja auch etwas zu viel verlangt, aber ein paar Minuten schon. Er hält inne, etwas scheint ihm einzufallen, Gedanken tropfen durch sein alkoholverletztes Gehirn, fallen auf fruchtbaren Boden und lassen eine Zukunftsprognose gedeihen: Morgen, das tue ihm so leid, könne er sich ja gar nicht schämen, ihm sei das jetzt klar, nicht mal ein paar Minuten, sein Kater würde jeglichen Ansatz von Reue zunichtemachen, praktisch im Keim oder besser: schmerzenden Alkoholresten ersticken. Ein andermal aber, unter abstinenteren Bedingungen, in einem anderen Leben vielleicht, sei er gern zu Buße und Hauptbeuge bereit.

Er rülpst gläubig und kriecht in anderer Richtung weiter. Als er versucht, sich am Türknauf hochzuziehen, ruft das Mädchen stolz:»Ich hab deine Flasche gefunden, Onkel, sie ist unter meinen Sitz gerollt!«

Der Mann wirft den Kopf herum – Wirbel knacken wie ein Waldspaziergang bei Nacht, fast wäre er wieder gestürzt – und fliegt mit rudernden Armen durch den Waggon.»Du liebes, liebes Kind, danke«, schluchzt er, ad hoc und steinerweichend wie die Kleine zuvor, Tränen brennen ihm durchs wüste Gesicht und hinterlassen sommerwolkenweiße Bahnen,»bist w-wirklich ein Engel.« Eine Hand faucht nach der Flasche, die andere streicht viel zu heftig über sorgsam geflochtene Zöpfe.»So spät m-müssen wir aber still sein«, belehrt er kundig,»besonders hier im Schl-Schlafwagen. Aber gleich sind wir ja da. In Estland, da in Tallinn da, da kann der Onkel n-neue Flaschen kriegen, volle, g-ganz billig, weißt du?« Er dämmert in blaue, wasserfrische Pupillen, mit tieftrunkenem Ernst, dann springt und poltert er wie ein junges Kalb ins nächste Abteil.

Linker Hand zerbrechen zwei Sprungschanzen den Himmel. An kurzen, klirrenden Februarartagen schleudern sie japanische und holländische, französische und tschechische Körper über johlende Köpfe, neblige Wolken vor roten, behelmbrillten Gesichtern. Lahti lebt. Für wenige Tage erstrahlt ein wimmelndes Metropolis in der Kälte, geadelt mit fremden Idiomen, Kameras und Schnee, gewärmt von knisternder Übertragung, Fellmikrofon und weltoffenem Purpur. Lahti greift nach den Sternen, nach Lorbeer und Ruhm, aus tiefstem, krustigem Krater, aus Provinz, Pfuhl und Lache, drei Tage suhlt, dreht und wendet es sich in vorübergehender Kultur, dann schüttelt es den Schnee von den Schultern, macht die Augen zu und schläft wieder ein. Im Sommer ist Schweigen, nur die Schanzen drohen in alle Winde, – monströse Betonfossile einer winterlichen Urzeit, monumentale Fehlkonstruktionen inmitten zwitschernder Wälder.

Der Zug kreischt über revoltierendes Eisen, quetscht auf das richtige Gleis und bremst stöhnend ab; Stehende greifen zum Sitz, kein Aufschrei vorn, kein Kniefall hinten, nur einige Abteile weiter fällt dem Betrunkenen wieder die Flasche aus der Hand. Der hübsche Bahnhof, hinter dem die Stadt in ein gewaltiges Tal gebettet ruht, leitet das Ende der Reise ein – Lahti erstrahlt im Glanz des noch jungen Morgens. Hellrot, fast rosa reflektiert das Licht von den Dächern der nordischen Stadt, der Horizont brennt, als der Zug die Stadt erreicht.

Nur wenige entfließen dem Rumpf, keiner hetzt. Der junge, ausgeschlafene Lokführer lacht aus dem Fenster heraus quer über den Bahnsteig, doch seine Freude ist einfach und kurz, sie hält sich nur wenige Sekunden in der kühlen Frische des Morgens, wird schnell schal und fällt dann ungeteilt auf Bahnsteig und Weichen. Vor ihm ragt der irische Schaffner, den Flammenhaarkranz sinnlos gescheitelt, immer noch rotwangig und müde; er entzündet feierlich einen Zigarillo, den er, freihändig-gewitzt, im Mundwinkel opfert, die Hände, faltige Wracks, versinken im Uniformschwarz wie in einem Fass Tinte. In ihrer gegensätzlichen Einheit wirken die beiden wie Gesichter eines Januskopfes: prototypfrisch-simpel der eine, weiser, rostiger Rest der andere, zusammengeschweißt durch die Endloskilometer eisenbahnerischer Belanglosigkeit.

Das kleine Mädchen schleift an der Hand der Mutter, als sich zwei Pfauenhüte und eine Eidechse zum Seniorenheim aufmachen, ihnen folgt gemächlich der Heavy, der den brennenden Iren nach Feuer befragt, sein klimperndes Gepäck zieht ihn bedrohlich nach hinten. Zuletzt tropft der Betrunkene aus dem Zug, die Flasche ist leer und aus Frustration über diesen ebenso profanen wie unabänderlichen Umstand schleudert er sie fluchtaufend gegen den Rumpf, der sie annimmt, dankbar, stählern, maschinell. Das Mädchen blickt sich um und beginnt wieder zu schluchzen, die Mutter hält ihm die Augen zu.

Die Stadt unten im Tal, hingestreckt wie eine Sphinx, erhebt ihr steiniges Haupt und wartet, in ihren geteerten Adern fließt noch der Morgen, doch unter ihrer Betonhaut pulsieren schon Pläne und Menschen. Die Zugladung plätschert ihnen entgegen, langsam und in kleinen Trupps, sich zu vereinen zum Ameisenstrom der Frühe, der hier nicht mehr als ein Bächlein ist, den zwittrigen Sphinxleib zu speisen mit Atem, Nerven und Kraft. Die Ladung hat es damit nicht eilig und so gluckst und rinnt sie träge hinab, flüsternd und gurgelnd, in Mäandern sich zierend, trödelnd, in Pausen sich stauend, in Arme sich verlierend, um am Ende doch einzutreten, nicht Halt machen zu können vor dem ummauerten, asphaltädrigen Organ, um dessen willen der Weg war, Lahti, der Stadt des Lichts und des Sommers.

Zeitreise

Ein Mann machte sich in der Provinz »Nyland«, genauer gesagt: deren Hauptstadt Helsinki, auf, den Intercity nach Rovaniemi zu erreichen, das seinerseits Hauptstadt der Provinz »Lappi« war, Lappland, der sagenumwobenen Tundra des Nordens. Er war schwer beladen und obwohl er das war, er trug eine Aktentasche unter der Achsel, in jeder Hand eine Plastiktüte und einen ballartigen Rucksack auf dem Rücken, machte er nicht den Eindruck, unter seiner Last zu leiden oder gar zusammenzubrechen, im Gegenteil, er eilte mit einer Leichtfüßigkeit durch die Straßen des vormittäglichen Helsinki, die erstaunlich war und die der drückenden Bürde seines Gepäcks hohnsprach. Der Mann glitt praktisch über den Asphalt wie auf einem reißenden Bach, in aufrechter, schwebender Haltung, er keuchte nicht dabei, er ächzte nicht, er stöhnte nicht, er schien überhaupt nicht zu atmen. Und dennoch lief ihm Schweiß von der Stirn und die rotfleckigen Schläfen hinab, so als wäre das der einzige Beweis seiner Organhaftigkeit – ja, schwitzen konnte er. Da er jedoch alle Hände voll zu tun hatte, sein Gepäck um Leute herumzubugsieren wie ein Expeditionsschiff um arktische Berge, hatte er keine Gelegenheit, ihn sich abzuwischen – als er den Bahnhof erreichte, nach halbstündigem, fliegendem Fußmarsch, sah er aus wie jemand, der eher hierher geschwommen war statt gelaufen. Schwimmen, dachte der Mann, ja, Schwimmen, das wäre jetzt was oder sich abkühlen, am besten in der aufgebrochenen Ostsee, die sich hinter ihm auftürmte wie eine blaue Wand, möglich wäre das ja, wenn man nicht zimperlich war, jetzt, da alles sich auflöste, schmolz, zerlief.

Drei Wochen etwa hatte der Frühling vor der Tür gestanden und gewartet, irgendwo da draußen über dem Meer, in atmosphärischer Höhe, zwischen Hochs und Tiefs, sich formierenden Stürmen und dahinfließenden Wolkenbahnen, dann wurde es ihm zu bunt und er trat ein – und Helsinki hieß ihn beidhändig willkommen! Über jedem und allem, den Städten des Südens, seinen Felsen, Buchten und Küsten, bis hinaus zu den Schären, die im Meer glitzerten wie Möwen am Himmel, lag eine ungewöhnliche Wärme, ein Flimmern, eine läutende Kuppel aus Azur, die den Winter ausbluten ließ wie ein frisch geschossenes, aufgehängtes Kaninchen. Die Zeitungen schrieben von »fiebrig-solarischer Atmosphäre«, von »unheilvoller Hitze« und »Vorzeichen«, aber die Leute störte das nicht. Ihnen waren solarische Atmosphäre, Hitze und Vorzeichen allemal lieber als gefrierender Speichel an Kinderlippen, nicht laufende, sondern stehen gebliebene Nasen und steifgefrorene Leichen in Hauseingängen. Sie akzeptierten den Winter und nahmen ihn hin, was blieb ihnen auch anderes übrig, aber sie liebten ihn nicht, nein, was sie liebten, war der kurze, dröhnende Sommer, eigentlich ein einziger, langer, kreischender Tag, eine Betrunkenheit, ein Taumel, ein Rausch, dessen Nachdurst der Herbst war und dessen Kater der Winter. Und der Frühling, so wie jetzt, war sein Aperitif, sein Vorgeschmack, ein Sherry, ein trockener Weißwein, der Sekrete des Körpers durcheinander wirbelte, von denen man vorher nicht mal wusste, dass es sie überhaupt gab. Aber der Frühling war auch tückisch, heimtückisch regelrecht, hier im Norden jedenfalls, denn gelegentlich wurde man schon für kleine Aperitife mit Kater bestraft, dann kam der Winter zurück, wenn auch nur für einige Tage. Die Leute störte das nicht, wer einmal genippt hatte, wollte weitertrinken, also saßen sie in Pulks und Rudeln vor Kneipen und Cafés, tranken, lernten sich kennen oder kannten sich schon, lachten und tranken weiter.

*

Den ganzen Winter über ging es Mikko Pelkkonen nicht gut. Er hatte Ärger bei der Arbeit, doppelten, um genau zu sein. Zum einen mochte ihn sein neuer Chef nicht besonders, aber das beruhte auf Gegenseitigkeit, zum anderen, und das war schlimmer als personell-persönliche Eitelkeiten, machte ihm seine Soldatenexistenz zu schaffen, die Lehrerarbeit, der täglich aufreibendere Kampf an der erzieherischen Front da draußen, die Scharmützel im Linoleum-Niemandsland zwischen Schülerbank-Grabensystem und den Barrikaden aus Tafel, Pult und Tageslichtprojektor. Wenn er klagte, hörte er nur »Warum beschwerst du dich, Lehrer verdienen doch gut und sind unkündbar?« Als ob Geld die Quälerei mit halbwüchsigen, dämonischen Kobolden kompensieren könnte oder die staatlich beurkundete Berufsversklavung ein Segen wäre.

Und dann war da der Vorfall. Ein neuer Kollege, zu dem Mikko nach einiger Zeit Vertrauen und Monate später sogar richtig Freundschaft geschlossen hatte – normal, so was dauerte hier –, war durch eigene Hand aus dem Leben geschieden, wie man mildernd formulierte. Eine Handvoll Schüler, genauer: die übelsten Geschöpfe des Jahrgangs, hatte mit cortezböser Entdeckerfreude nach Schwachstellen in dessen Persönlichkeit gesucht und gefunden. Ein winziger, nur situativ auftretender Sprachfehler, eine Null und Nichtigkeit also, wurde dem frisch gebackenen Mathematik-Lehrer zum Verhängnis. Der Rest war ein Passionsspiel. Mit einer beunruhigend emsigen, beinahe geschäftigen, ja geradezu calvinistischen Systematik und einer ebensolchen Entschlossenheit war es der Horde gelungen, binnen dreier Wochen – rekordverdächtig – seinen Willen, Stolz, ja ihn selbst zu brechen, und zwar so entzweiend gründlich, dass man glaubte, er wäre auch äußerlich, wenn nicht zur Hälfte, so doch zu etwas geschrumpft, das nicht mehr er selbst war: Mikkos Freund war zu einem Schatten geworden, einem Gespenst, das sich unheimlich durch tote Schulflure schob. Disziplinierungsmaßnahmen, antiautoritäre Scherze im Grunde, die der kaum mehr Wehrwillige dem hippiehaften Rektor überließ, waren unterhaltsam und kurzweilig, sicher, das Kollegium wieherte, aber so war auch die Wirkungsdauer der Bestrafung, kurzweilig nämlich, sie verpuffte nach zwei, manchmal drei, selten vier Tagen, und da wieherten dann die Schüler. Der Ablauf war stets derselbe, nach Perioden verordneter Schonzeit wurde erneut, und jetzt mit lächerlicher Intensität, zum Halali geblasen: Eine Wolke Waidjungen brach los. Dann wurde hässlich gehetzt, mit hungrigen Hunden, gehetzt auch in der Klasse, jetzt nicht er selbst, sondern gegen ihn, aber mit ebenso fliegender, geifernder Zunge. Alles verschob sich, welche Hatz war die echte, welche ein Wahn? Wo würde er zu Boden gehen? In tiefstem Wiesengrund, zerrissen von meuchelnder Meute, oder hier, vor der Tafel, gefällt von einem unmännlichen, nichtswürdigen Infarkt? Man trieb ihn vor sich her, erfolgreich, mit Lug, Trug und List, geführt von ebenso bösen wie blöden Blagen, traurigen Tröpfen, in ihrer Einfalt aber katastrophal konsequent.

Die Jagd hatte Folgen, immer unappetitlichere im Laufe der Zeit: Verwahrlosung, ja, sein Freund stank, es lässt sich nicht beschönigen. Er wusch sich nicht mehr regelmäßig, Fluchtschweiß vermischte sich mit dem der Angst, ab und an zur Tarnung aufgetragenes Aftershave hatte gegenteilige Wirkung, es überlagerte nicht, sondern verband sich mit unterliegenden Schichten zu einer neuen, alarmierend toxischen. Er bekam seltsame Ausschläge, teils juckend, teils schmerzend, sein Gesicht ähnelte oft dem mancher Schüler. Zudem trug er monatelang dieselbe Kleidung, Hemden wurden speckig, parallel zu den Haaren, Hosen, besser die Hose, nahm langsam einen anderen Ton an, sie passte sich der Umwelt an, man hatte manchmal Mühe, ihn draußen zu erkennen. Nicht genug schoss ihm ein jungenhafter Bart die Wangen hinauf, man wusste nicht, ob zur Tarnung oder aus Ungepflegtheit, vielleicht beides. Man machte sich lustig über ihn, auch die Kollegen, erst hinter vorgehaltener Hand, dann offen, am Ende, zum Schluss, am Abgrund sogar in der bejammernswerten Gegenwart seiner selbst.

Mikko war eine Ausnahme; er versuchte zu helfen, wo er konnte. Die Frau des Freundes, ebenfalls Lehrerin und somit unaufhaltsam psychologisch motiviert, psychoanalysierte und interpretierte, auf Teufel komm raus und auf Biegen und Brechen, vergebens, sie gestand, am Ende zu sein, fände keinen Zugang mehr zu ihm, der, mit dem sie Bett und Tisch teile – na ja, schränkte sie ein, nicht ohne unpassend zu zwinkern, Letzteres kaum noch und Ersteres gar nicht –, sei nicht mehr ihr Mann. Sie überließ den Fall, ja wirklich, sie sprach von einem Fall, Mikko, den ihre kühle Distanz befremdete, er war ein feinfühliger Mensch, aber nicht entsetzte, so feinfühlig war er nun auch wieder nicht. Derlei passierte.

In langen Nächten versucht er aufzubauen, was niedergerissen war. Er grub quasi archäologisch nach einem Fundament, das den Orkan überdauert, einem seelischen Grundstein, der den brandenden Beschimpfungen getrotzt hatte. Doch Mikko fand nichts dergleichen, und ebenso wenig hatte er die therapeutische Blaupause zur Legung eines solchen. Professionelle Hilfe war vonnöten, und zwar schnell. Mikko drängte zum Besuch eines Psychologen, Psychiaters oder Neurologen oder, praktischerweise kam das vor, jemandes in Personalunion. Allein, es war zu spät. Drei Wochen, nachdem die weniger treu- als hartherzige Ehefrau die Scheidung verlangt und ausgezogen war, baumelte der Freund mit blauer Zunge vom mächtigen Querbalken der ehemals gemeinsamen Dachwohnung.

Mikko war am Ende, er hatte versagt. Eigentlich, das war ihm klar, bräuchte *er* jetzt eine Therapie, am besten eine, die seine Lehrerdepression kombiniert mit der aktuellen behandelte. Morgen hatte er einen Termin beim ungeliebten Rektor, er machte gerade Atemübungen seinetwegen, eher des Ganzen wegen, denn er hasste bereits die angestrengt lockere Atmosphäre des Vorzimmers, in dem die Sekretärin – umreiftes, mittelgescheiteltes, schöngefärbtes, aalglattes Haar und eine Art Sackanzug – verwaltete, schaltete und Himalaja-Tee dünstete, als ein Studienfreund anrief, einer aus alten, rauhen Tagen. Auch der war als Lehrer ins Leben gestartet, hatte aber schnell gemerkt, dass er so dessen Spaß, ja es selbst verpasste, und war Hotelier in Lappland geworden, dort, wo das Leben blühte. Mikko berichtete vom Todesfall.

»Tragisch«, kommentierte der Freund und versicherte Beileid. »Und eine Affenschande obendrein, dass so viel frisches erzieherisches Potential am Galgen endet.« Er war manchmal eigen, sowohl im Ausdruck als auch ganz allgemein. »Damals nach der Uni, als ich an meiner ersten Schule unterrichtete, wurde mir schnell klar, dass ich umsatteln muss. Ich hatte kein Feuer.«

»Feuer? Willst du mich verarschen? Das hatte ich auch nicht.« Mikko war ehrlich. »Aber ich dachte, dass würde sich mit der Zeit entzünden. Doch …«

»… das tut es nie«, röhrte Lappland, dann lachte es. »Lehrer wird man nicht, Lehrer ist man. Das muss was Genetisches sein, Gottlob habe ich das rechtzeitig kapiert. Mein Hotel läuft nicht schlecht, nein wirklich, ich wollte dich eigentlich einladen auf ein paar Tage. Gerade jetzt wäre doch ideal, findest du nicht? Du könntest sogar eines der besseren Zimmer beziehen und wir hätten mal wieder richtig Zeit zum Quatschen und Saufen.«

Eine Kurztherapie also mit Gespräch und Medikamentenbegleitung statt einer langen mit Tee und Keksen, dachte Mikko und bekam leichte Kopfschmerzen. Dann fiel ihm ein, dass er, obschon Finne, noch nie in Lappland gewesen war. »Gemacht«, entschied er kurz, »ich komme.«

*

Ja klar gab es ein Zugrestaurant, irgendwo da vorne hinter den ersten Waggons, finnische Intercitys hatten da ja immer eins; gleichwohl hatte Mikko zu Hause den Kühlschrank geplündert, ihn eigentlich gleich mitgenommen, in zwei großen Plastiktüten. Das machte er immer so, er war beseelt, nein, besessen von dem Gedanken, gespartes Geld irgendwann für etwas Großes, Extravagantes zu verplempern, von dem er bisher nur wusste, dass es groß und extravagant sein musste. Kaffee hingegen, das war auch immer so, kaufte er von einem Rollwagen, den, das war allerdings nur heute so, eine saugend gähnende, jüngere Frau durch die Gänge trieb. Während sie den Becher schwärzte, flatterte ihre Unterlippe wieder ankündigend, die Hände fehlten jedoch zur Versiegelung, und so schnappte und kippte sie literweise schale Zugluft, direkt vor ihm, mit schielenden Augen und klaffendem Kopf. Mikko sah, dass alle, sogar die Schneidezähne, mit Gold überkront waren.

»Milch oder Zucker?«, funkelte der Goldschacht. Die Sonne ging auf.

»Etwas Milch bitte.« Mikko blinzelte aus nackten, schmerzumstrahlten, halb geschlossenen Augen. Seine teure Sonnenbrille lag, seit Jahren verschollen, nun schmerzlich vermisst, zwischen kniehohen Comic-Türmen und einem ohrlosen, einäugigen, wollwanstigen Teddy, seiner ersten großen Liebe, auf dem Dachboden der elterlichen Wohnung.

»Herrliches Frühlingswetter, nicht wahr?«, nichtssagte die Mine und trat gegen den Wagen, eine Antwort schien ihr egal.

Mikko wartete, bis sie fort war, er schämte sich immer wegen seiner hilfspaketartig gefüllten Taschen, dann raschelte er ellenlange, salatzungige, käsebleckende Baguettes hervor und entschalte drei, vier Eier frustrierter bodengehaltener Hühner. Nach beendeter Mahlzeit lehnte er sich zurück und las die aktuelle Ausgabe der Helsingin Sanomat, während die Landschaft träge und faul an ihm vorüberschlich. Fichtengekrümmte, uralte Bergrücken wurden hier und da von jungen, blitzsauberen Seen erschreckt, auf einigen trieben noch Schollen. Es war eine Flucht, kein Zweifel, von vorne bis hinten. Hektisch ausbaldowert und ebenso begangen. Er hatte vom pferdeschwänzigen Chef zwar sofort Urlaub bekommen, nicht nur mit dessen Wohlwollen, wohl auch mit dessen schlichtem Wollen, eine etwas taktlose, aber gute Gelegenheit, Mikko kurzfristig los zu sein, doch es blieb eine Flucht, er bestand darauf. Mikko liebte Fluchten. Fluchten allgemein, vor allem welche ohne offiziellen Stempel, aus Alcatraz etwa oder Schloss Dracula oder von der Insel des Dr. Moreau; solche wie die jetzt waren nett, aber sie hatten etwas Geordnetes, Bürgerliches und, weitaus schlimmer, sie hatten ein Verfallsdatum, denn man musste irgendwann ins Elend zurück. Bei einer richtigen Flucht hingegen entkam man dem Bösen auf ewig, und zwar auf die letzte Sekunde, so gehörte es sich, so musste es sein, oder man packte seine Klamotten, ganz ohne Stress, Flucht light sozusagen, zeigte der Welt den Finger und fing irgendwo am Strand mit Cocktails und Weibern ein neues Leben an. Na ja, zumindest entkam er dem Winter jetzt mit seinen grausigen Ereignissen, das war ja auch schon was. Je weiter er sich von Helsinki entfernte, mit jedem Bahnhof, jedem vorbeihuschenden Dorf, desto nebulöser, ja ungeschehener wurde auch das Gestern, er überlegte, ob er die bürgerliche Flucht nicht in eine richtige verwandeln sollte. Nach zwei Stunden erreichte der Zug

Tampere, eine größere Stadt in Mittelfinnland, die sich umständlich um mehrere Hügel wickelte und schließlich, müde geworden, zum Ufer eines von Felsen umschlossenen Sees hinabbeugte. Beiläufig bemerkte er Kinder auf dessen noch tragendem Eis. Weiter im Norden, irgendwo hinter Jyväskylä, beschlich ihn eine eigenartige Gleichgültigkeit, die er sich nicht zu erklären vermochte. Das gerade gewonnene Gefühl wachsenden Abstandes, gepaart mit einer durstigen Vorfreude auf Lappland, war einer allumfassenden Teilnahmslosigkeit und Trägheit gewichen, welche Mikko tiefer und tiefer durchdrang. Er wurde müde, lehnte sich zurück und schlief fast auf der Stelle ein.

Er träumte, während die Fahrgäste wechselten und der Goldschacht dreimal den Imbiss-Muli durch die Schneise scheuchte. Im Traum war es nicht der Kollege, der, den Hanf im Genick, vom Hocker hüpfte, sondern er selbst. Doch konnte ihn das Seil nicht töten, tolle Sache, so Träume, er atmete normal, während die Fasern tief in den Hals schnitten und den Kehlkopf zu zerquetschen drohten wie einen überreifen Apfel. Auch war es nicht der Hausmeister, der ihn am Gebälk wehend fand, sondern sein alter Studienfreund und Hotelbesitzer. Als ihn dieser, Halt suchend, die Beine gekreuzt, aus blutorangeroten, wodkaglasglasigen Augen bestaunte und lallte: »Eine Affenschande, dass so viel frisches erzieherisches Potential am Galgen endet«, schreckte Mikko auf und stieß Becher samt Krümelfolie zu Boden. Buttrige Reste wälzten sich omenschwer in kaltem, schwarzem Kaffeeblut.

Der Blick aus dem Fenster beruhigte ihn nicht sonders, genau genommen, gar nicht, irgendetwas hatte sich draußen verändert, man konnte nicht sagen, was. Ein Wechsel hatte stattgefunden, ein Übergang, schleichend, kaum wahrnehmbar, aber dennoch bedrückend, man könnte glatt sagen, sein Gemüt verhärtend. Bald fühlte er sich wieder wie zu Beginn der Reise, penetrant dauerfrustriert und akut geschockt vom baumelnden Ende des Freundes.

Trotz aller Feinfühligkeit seines Wesens und trotz aller verstehenden Gefühlsduselei seines Studiums, aller seminarisch exerzierten Menschenschwärmerei, aller frenetisch beschworenen und kultisch betriebenen Adoleszentseelenanatomie und Psychoseziererei, ja, auch trotz der, kurz: der harmlos-kuscheligen Pädagogik also, oder wahrscheinlich gerade derentwegen, war Mikko ein bekennender Rationalist, sozusagen ein gleichermaßen *er*klärter wie *aufge*klärter Freund von Vernunft und Fortschritt, und als solcher amüsierten ihn tiefenpsychologische Traumdeutungsversuche eher, als dass er verschrobene Wahrheiten in ihnen sah. Schon im ersten Semester hatte er kaum Interesse für die Psychoanalyse gezeigt, Freud, Reich, Adler, Jung waren drollige Sektierer, ein pseudoreligiöser Verein mümmelnder Märchenonkel, ein Kränzchen, historisch einflussreich – zugegeben –, aber in der Grundannahme irrend: Träume waren keine Symbole, sondern elektromagnetische Entladungen im Gehirn. Psychologie, das war Wissenschaft, Empirie, Statistisches mit Siegel, Behaviorismus, kalt und exakt, nicht esoterische Kaffeesatzfrömmelei.

Ein Analytiker hätte ihm vermutlich geraten, aufgrund des Traums den Beruf zu wechseln, toll, als wenn er da nicht schon mal selber drüber nachgedacht hätte, ganz ohne Traum und Analytiker. Sein Unterbewusstsein trat, eigentlich torkelte, ihm im Gewand des lappländischen Freundes gegenüber und wollte ihn warnen, er selbst könne Opfer einer Schülerintrige werden, das sollen die mal wagen, die kleinen Saubolzen, dachte er, intrigieren gegen mich, nach dem, was die sich erlaubt haben, die mach ich fertig. Aber letztlich, und dann guckten Analytiker immer freudlos und schlau, letztlich war das Ganze nur Ausdruck eines viel tiefer liegenden Konflikts, ja ja, der auf dem neurosenumtosten Friedhof seiner Kindheit – eine Idylle im Grunde – verscharrt lag, neurosenumtost war ihm gerade selber eingefallen. Er musste lachen, etwas zu laut, hätten Fahrgäste zu ihm herübergeschaut, er wäre ihnen sicher etwas sonderbar vorgekommen.

Aber auch lustige Psychospielchen vertrieben die Schatten nur kurz, schlimmer noch: je weiter es gegen Norden ging, desto schmerzlicher wurde alles. Es war jetzt nicht mehr seine Normaldepression, die ihn quälte, nein, die nicht mehr, Kinkerlitzchen von gestern, mittlerweile konnte man ohne Übertreibung sagen, dass er in eine Welt abdriftete, die, heilige Maria, Mutter Gottes, jenseits all dessen lag, was Schwermut nur überhaupt sein konnte.

Stunden vergingen und der Abend entzündete sich am Himmel, der Zug passierte gerade Oulu, gelblich umwalltes Industriezentrum des Nordens, dessen Erreichen die Nase begriff, lange bevor das Auge es sah: es stank betäubend nach Industrialisierung, Fabrikabgasen und Aufbruch, ein bisschen wie der Kollege kurz vor seinem Tod, Mikko spürte, wie Irrsinn die Leiter seines Rückgrats erklomm. Bald würden sie die Grenze nach Lappland erreichen, am Horizont, unter sonnengeröteten, zerklüfteten Hängen, leuchtete etwas Weißes in der Steppe, einzelne Punkte sogen andere an, wuchsen und eh man sich's versah, donnerte der Zug durch dichtestes Schneegestöber. Es schneite nicht, es brach herab, aus stahlgrauem Himmel, die Welt jenseits der Scheibe wirbelte und wimmelte, verschob sich und setzte sich neu wieder zusammen, sie lebte und formte, riss nieder und baute auf. Durch das Treiben sah er die Sonne, am Ende des Alls, schwarz wie bei einer Eklipse, von fliegenden Wolken zerrissen. Der Irrsinn wand sich ungeduldig höher, kitzelte bereits im Nacken, dort, wo im Traum der Hanfknoten stach, überlegte es sich gnädig und verwandelte sich in finster pulsierende Migräne, Mikko sah Schlieren vor den Augen, milchige Schwaden, fuhr in einen Tunnel, einen echten, und schoss auf der anderen Seite in baumlose Watte. Er massierte die Schläfen, der Sturm ließ kurz nach und dann sah er Lappland, zum allerersten Mal, unter sterbender Sonne. Tief, war sein erster Gedanke, Lappland ist tief, unendlich tief, hier gab es nichts mehr außer Schnee und Schwärze, keinen Wald mehr, keinen Baum, keinen Strauch. Und jetzt, Himmel, erst jetzt, begriff er die Wirrnis, seinen eigenen Wahn, er rumpelte der Arktis entgegen, fast glaubte er, draußen Wollnashörner zu sehen, eine ganze dampfende Herde, und da, schattenhaft nur, beim Granitfelsen dort, ein Mammut!

Frost. Nichts als Frost. Frost, wohin man sah. Frost, wohin man fühlte. Frost selbst in den Gedanken. Seit Helsinki, dort, wo die Erde sich auftat und die Menschen in aztekischer Verzückung die Sonne feierten, war das Land, kaum wahrnehmbar, aber stetig, wieder in Frost erstarrt. Alldurchbrechendem, blau kicherndem Frost. Im Süden und Westen, an Küste und Schären, regnete bereits Frühlingsgischt auf grünende Pläne, Blütendächer, dampfenden, fußwarmen Fels, das Meer, grauer Wächter in zischendem Ornat, trieb Camper zurück und hielt halb Nackte, Sonnengecremte in Schach. Hinauf in den Norden jedoch, hunderte sterbende Kilometer, verdarb alles zu karger, tundrischer Weite, einem Planeten, jammerndem, frostbeuligem Nichts. Alles war wieder wie vor Beginn der großen Schmelze, man kehrte in der Zeit zurück, wie in einem futuristischen Apparat, hin wieder zu allem Anfang, allem Ursprung, allem weißen, flockenwirbelnden Beginn. Das Auge nahm es hin, unfähig, Details zu erkennen, und belog das Gehirn, es geschah wie in Rückwärtszeitlupe, knirschend langsam, Gebüsch verzwergte zu dornigen, trollkleinen Knäueln, schlammige, schwärende Seen vereisten und vernarbten, unter lichten Baumkronen grinste die Totenfratze auf ewig erfrorener Wälder, von Osten schließlich, aus versunkenen Tälern und verschneiten Auen, heulte firnknisternder, lippenbläuender Wind.

Mikko hatte sich durch den Frühling und dessen Geburt zurückbewegt, war durch ihn hindurchgeschritten wie durch ein unbeheiztes, endloses Lazarett und in die Dunkelheit vor dessen Niederkunft gelangt. Hier war Stille, Weltallschweigen, nur noch Stille, animalisch geduckte, kauernde, wartende Stille. Und in ihr: er. Ausgesetzt und Verlassen in gebären wollender Weite, samischer Mutter, eisigen Bergen in sternklarer Nacht, die erfüllt waren mit Erinnerungen und Träumen von drängendem, sprießendem Grün.

Er fühlte, wie Kälte in ihm metastasierte und kristallische Absiedlungen warf, wie Töchter sich bildeten und von seiner Wärme und Zartfühligkeit fraßen, sich daran weideten und mästeten. Er hatte nicht mehr viel Zeit, das wusste er, er musste handeln. Er rief seinen Freund an und wimmerte von Umkehr, Schmerz und falschen Fluchten, die Hand zitterte am Ohr, er wolle sofort nach Helsinki zurück, egal, ob Bummelbahn, IC oder Raumschiff, nur weg. Die Wartezeit am Bahnhof lähmte und zehrte, draußen schwieg weiße, polare Nacht, er wagte nicht, das schützende Gebäude zu verlassen.

Das Hotel raunte Verständnis, es klang enttäuscht und durstig, Mikko solle später wiederkommen, unbedingt, aufgeschoben sei nicht aufgehoben, in fünf Wochen sei Lappland ein Paradies, ein summender, zirpender Garten, bis dahin solle man alles auf Eis legen, knisternde Pause, auch die Getränke.

Hinab

Weißt du noch, wie wir die blau blühende Nacht durch-
streiften? Unter grünem, gläsernem Himmel. Den Hund hin-
tenan, mit fliegender Zunge und schwarzem Auge.

Zum Salz gelangten wir und strichen über Felsen, das Meer
im Ohr, die Gedanken hüpften und loderten und brüllten
wie durstiges Vieh auf der Weide. So sprangen wir hinab und
tauchten hinweg und spülten hinauf, lachend und Regen hus-
tend, dann zurück schnell, zur Welt, und empor die Heiden
und Wälder, den Hund voran nun, der geschlafen, jubelnd
empor zur Tanne, zum Treff, zum Strahl. Dort saß der Dritte,
gelb unterm Mond, mit wartenden Händen, mit ihm dann
weiter durch Straßen und Städte, über Menschen und Licht,
hinab zum Salz wieder, aus dem wir gekommen, hinab, hinab
und nochmals hinab.

Ein Film

Der Film hielt einfach an. Wir, die wir dessen Essenz und Bedeutung waren, ragten daraus hervor wie eine Wüstenstadt, unsere Schatten warfen turmhohe, verwitterte Säulen.

Wir hatten die Gelegenheit, endlich zu sehen, was um uns war, warum es um uns war. Doch wir sahen es nicht, wir hatten nur Augen füreinander. Dann lief der Film weiter. Und auch das sahen wir nicht.

Mittsommer

Ein See brennt. In seiner Mitte brennt Mondlicht und das der Sonne, an seinen Rändern hundertfaches Volk. Es strömt und lärmt einer Landspitze entgegen, klirrend, trommelnd, summend wie ein Schwarm wilder Bienen, und öffnet und schließt sich dabei wie eine Faust, gelenkig von Wärme, geschmeidig vom Schein hellen Wassers.

Auf der Landspitze prasseln rohe, hohe Feuer, Altäre, gewaltige Funkensäulen, die dazu einladen, heut Körper von Geist zu trennen, Versprochenes von Tat. Die Faust, das Menschenheer, stoppt freudig, öffnet sich noch einmal und zerfällt dann in einzelne Finger. Einer davon, der Zeige- und Drohfinger, singt gläubig Choräle, ein anderer, der Daumen, gewöhnlich und fett, fährt in hölzernen Booten hinaus, taumelt und stürzt betrunken in bronzene Wellen, ein dritter, der mittlere, frivole, verschwindet lachend mit viertem, dem des Ringes, im Gebüsch. Ein fünfter, der eigene, der allerkleinste, unbedeutendste, liegt spöttelnd und betrachtend im Uferholz, den Taumel des Sommers, ja die eigene Hand verachtend, und fiebert entgegen den dunklen, klaren Räuschen nicht enden wollenden Winters und den Tagen einer anderen Faust.

Eine Enteignung

Hier sind Wasser – lahme, fast stehen gebliebene. Keine Stürme fegen über ihre Haut und ihr ruhiges Gesicht, nur weiche Winde, keine Gräben durchziehen wie Furchen ihren Grund, nur dann und wann eine Falte, eine Unebenheit – einer Erwähnung nicht wert und schon deshalb gar nicht vorhanden. Diese Wasser sind also zahm wie ein Planschbecken und fordern keine Tribute und dennoch sind sie eingepfercht in ein enges Tal, dessen Enge unglaublich ist, wenn man die Zahmheit der Wasser im Verhältnis dazu betrachtet. Sie waren vor Äonen ein See, harmloser und friedfertiger als heute noch sicher und mit vielleicht noch lahmeren Wassern, umklammert und gepresst jedoch auch damals schon von Küsten, Gürteln und Sunden. Und auch damals schon empfanden die Wasser die Enge als ungerecht und Bestrafung, als schnürenden Zwang, der die Luft nahm zum Atmen und Denken. In kühlen Nächten, dann wenn der Rücken gefror zwischen den Schultern und die Arme schmerzten vom Schlagen gegen die Küsten, träumten sie von Abenteuern und geheimen Zugängen zum peitschenden, offenen Meer. Dort wollten sie hin, sich verleugnen und zum Ozean werdend nicht weniger und nicht mehr als Unsterblichkeit erlangen. So begannen sie, aus Sehnsucht und Kälte, zu simulieren, sie seien ein Meer, ein ganzes, eigenes, großes, mit beachtlichen grauen Wesen im Bauch und angsteinflößenden, stummen Tiefen. Und Sehnsucht kann etwas Großes sein, denn, es muss die Zeit der Eisgebirge gewesen sein, als wandernde Massen sich trennten und nie wieder zusammenfanden, als die Wasser einen Unterstützer fanden für ihr Werk, einen Gönner, einen Komplizen, der den Wunsch hatte, am Ruhm eines Meeres teilzuhaben und dessen Werden – es knirschte und brüllte einige Jahre in die schneiende, kristallene Nacht, aber wenig geschah, der Zugang, der Verschaffer, blieb klein, eine Enge, ein Traum. Und dennoch kamen die Wasser zu Ehren, irgendwie, trotz allem, man nannte sie, wohlwissend, dass das ein bisschen zu viel des Guten war, Meer, ein ganzes Meer, noch dazu das des Ostens oder das Baltische oder Suebische, wie es hier und da noch heute geschieht.

Diese Wasser sind stolz, trotz aller Enge, vielleicht, weil man sie Meer nennt, ein echtes, großes, und es ja nie etwas anderes war, was sie sein wollten, oder weil sie sich nicht hündisch, in endlosen, kriechenden Bahnen dem Mond unterwerfen müssen wie die der See des Nordens. Eine unendliche Anstrengung, die nur ein Meer zu ermessen vermag und deren Wegfall nur ein Meer zu schätzen weiß. Der Ruhm dieser Wasser, gegründet also auf einen winzigen Spalt und eine Art Gezeiten-Amnestie oder kurz: Glück, ist jedoch bröckelig geworden im Laufe der Jahre, porös, fast zu Sand, denn wie könnte man stolz sein, wenn, wie aus einem löchrigen Sack, das Erbe aus einem fließt, wenn unaufhörlich Besitztum siecht, wenn gellendes, gelbfüßiges Gut von der Haut schwindet und schwanzschlagendes, lungenloses aus dem Herzen, wenn Schrauben schneiden und Stahl kreischt allerorten?

Diese Enteignung, zugegeben, es ist eine – welche Wasser im All weinen nicht? – unter Gejammer sich vollziehende, missgünstige Meere würden sogar sagen: zurecht sich vollziehende, eine, die nur sternengreifende, hoffärtige Wasser bestraft, Meere, die gar keine richtigen sind, die sich ihren Ruhm erschlichen haben durch Simulation und Glück und die jetzt nur bekommen, was sie verdienen, nun, diese Enteignung also schwächt die Ostwasser, mergelt sie aus bis auf das Gerippe ihres ebenen, friedvollen Grundes, kränkt sie in jeglicher Hinsicht und nimmt ihr die bescheidene Würde, eine, die sich nicht nur aus Trug und Gnade speist, wie vorgeworfen, nein, sondern auch aus vergessenen, kaufmännischen Tagen, tosenden Zeiten, da Holzbehälter statt welcher aus Eisen über Arme und Beine glitten und gefüllte Bäuche segelten zu den Gestaden fremder Reiche. Groß war die Zeit und groß war das Meer, größer und freier, als es je hätte sein wollen, weiß war es von Segeln und gigantischen Wolken, und überall, auch in den dunkelsten Gründen und Sphären, waren Flossen und Augen und Schwärme aus Schuppen und Silber.

Dies ist vorbei nun und das Neue durchpflügt die wogenden Äcker des Alten, säht und erntet, baut an und bringt ein, und man fragt sich, ob der Stolz eines Meeres daran schuld ist, ja überhaupt schuld sein kann, oder nicht doch die Zeit selbst, ihr bloßer Ablauf, ihr gleichgültiges Lächeln dafür die Verantwortung trägt.

Sommerhitze

Ungeahnte Fülle, nichts als grüne Prahlerei. Inseln im See wie Oasen in der Wüste, die Ufer noch schlimmer: drall, prall, protzprächtig, das Holz kapitulierend gebeugt, die Arme im Wasser. Bäume, bis an die Zähne belaubt, haushoch, fassdick, die gekrönten Schädel locker im Wind.

Über allem eine Kuppel aus Sonne, die ächzt und dröhnt. Das Vieh, gefangen im Lehm der Wiesen, einiges gerettet unter gedörrtem, nadeligem Dach. Kein Mensch im Haus, alle im Wasser, keiner auf der Straße, alle am See, keiner allein, alle im Clan. Nachts dann Geschrei von würzigen Feuern, Geklirr, Geplärr, später krebsrote Leiber, die aus Verhauen steigen und in taghelle Wasser tauchen.

Unter all diesen auch du, du aber allein. Die Füße im Schilf, das Ohr auf der Schulter, die Hände im Moos. Den Kopf hinter Mond und Planeten und weiter, weiter, viel weiter und tosendes Weltall im Blut.

Beim Besuch einer Karaoke-Bar

Durch ein Labyrinth schwebt das Auge, links und rechts schwelgende, wippende Köpfe, die Gesichter verschwunden in Wolken und Rauch. Am Ende des Labyrinths weht eine Frau am Mikro, ihr Haar eine Fahne, ein Banner ihr Kleid, und beerdigt den Leichnam einer Liebe. Aus spröden, geschminkten Lippen fallen kleine, spitze Kiesel zu Boden, Worte, die heute, nur heute gesagt werden können und blinken, denn schon morgen wären sie sinnlos gespucktes Gestein. Applaus. Mit allen Händen. Schnell frischen Brennstoff vom Tresen.

Dann ein Junge, ein Menschlein in Anzug, die Stimme eine Säule, die Augen gleißendes Glas, auch seine Liebe sei erloschen, protestiert er und reckt dabei hilflos die Hand, es blutet das Herz, einige aschen zu Boden, doch sehe er sie auferstehen, phönixhaft, wie Rauch aus erschlagenen Kohlen. Applaus wieder, Stummel fliegen und sterben in Pfützen wie Lieder im Pub.

Kurze Pause, schnell neuen Brennstoff, der alte beginnt zu erkalten und pocht schon hinter der Stirn. Lichter jetzt, falscher Dampf, ein Schrat, gelbbärtig und scheu, verteilt Tango im Raum – mit beiden Händen und kreischendem Mund. Ungewaschenen, nordischen Tango. In jede Ritze fließt der, eine Walze, eine Sehnsucht, ein Takt, in Köpfe, Mägen und Seelen, in jeden Schlund, gerinnt zu einem Lied und verstopft den Ausgang. Ein Ding aus Muskeln und Sehnen räumt ihn frei und trägt ein betrunkenes Bündel in den Schnee. Der Schrat tritt ab, Applaus, zwei, drei Schluck, drei, vier Münzen, dann selbst in die Nacht.

Frühstück

Kurzhosige, Nacktfüßige knarzen über Bohlen und strecken die Glieder auf fransbärtigen, flickwanstigen Kissen. Brunnenwasser brodelt auf blauendem Gas und brennt, bohnengedunkelt, aus schnabeliger, huhngroßer Kanne in nervöse, kreischgelbe Tassen.

Aus dem Schlafraum lösen sich Schatten und wedeln munter um Fersen, Waden und Knie, grinsen aus glucksenden Gesichtern, geben die uralt-wölfische Hand und werden dafür mit dünn Geschnittenem, Gerolltem belohnt.

Eier werden gebrochen und Safttüten geschlitzt, gesalzenes Fett rast über kraterlöchrigen, brotgebackenen Roggen, Milch weißt in Gläser und beschlägt deren Ränder, andere, gewärmte, weicht in buntbauchigen Schüsseln obstdurchwebtes Getreide.

Drinnen erheben sich schlürfende Stimmen und draußen der Morgen. Er wölbt sich am Seeende, zwischen grüntannigen Inseln und Felssprung, empor und drückt mühsam Wolken und Nachtreste hinfort. Dann schwebt er lässig nach oben, über Inselgärten und Seerosenteppiche hinweg, und spaßt zwinkernd in kauende, gähnsteife Gesichter.

Nacktfüßige treten, kaffeewarm und gummigestiefelt, zu Ruten und Reusen, Kurzhosige mit den Wedlern in rubinrotes, tauklirrendes Gras.

Dies alles, taggedrittelt in Frühstück, Mittag und Abend, gesäumt von stundenschwerer Sauna und Fischfang im Schilf, ein, zwei Wochen lang, im Sommerrhythmus der Jahre, und die Welt ist kein Messer mehr und das Leben kein Stahl.

Möwe sein

M öwe sein. Welch ein Abenteuer wäre das! Die Arme aus stolzen Federn, die Füße gelb, die Zehen mit Tauchhäuten bespannt, einen scharfen Schnabel im Gesicht und dahinter nichts als mörderische Gedanken. Mit gebreiteten Armen sich von Wänden stürzen, in brechende Wellen und Gischtschlag hinein, den Kopf im Nacken ins Nichts schreien und mit gleichgültigen Augen den Morgen begrüßen.

Hinabstürzen aus Sonne und Höhen, in schuppig-ahnungslose Leiber hinein, sie zerreißen mit toten Augen und matten Gedanken im Kopf, und dann empor, empor mit ihnen, aus brüllender, schäumender Macht heraus, dem Morgen entgegen, der dem Tag vorangeht und der der Nacht. Dann nach Hause kehren, zu windigen Klippen, mit schmerzenden Armen und väterlichem Blick.

Über den Schlaf

Was ist der Schlaf? Was ist sein Wesen? Schlaf und Tod, so sagt man, seien Geschwister, einander verwandt also, von gleichem Geblüt, und ähnlich in Charakter und Zügen. Beide, Schlaf und Tod, befallen, wäre man etwas dramatisch, könnte man auch sagen: *über*fallen, das wird niemand bestreiten, nur das Organische, das Pulsierende, das Gewöhnliche, sind entweder Eigenart dessen oder Endpunkt desselben, sie befallen, auch da wird niemand streiten, konsequenterweise gerade deshalb eine recht organische, unbedeutende Spielart des Lebens, den Menschen.

Ist der Mensch nun an sich schon sehr gewöhnlich, so gibt es einige unter ihnen, man sagt das so, die seien sogar so gemein und gewöhnlich, dass man sich nicht vorstellen könne, sie könnten jemals sterben. Man sagt, diese Menschen seien der Weihe des Todes nicht wert. Der Tod ehre sie nicht, heißt es, und zwar ganz einfach wegen ihrer schier unfasslichen Durchschnittlichkeit, ihrer fast schon obszönen Profanität. Der Schnitter verschmäht sie und dennoch finden sie doch ganz unleugbar Schlaf, was verwirrt, denn sollte der Schlaf sie als des Schnitters Bruder und aus Solidarität nicht aus denselben Gründen ablehnen wie dieser selbst, also wegen monströser, beängstigender Gewöhnlichkeit?

Wenn nun Schlaf und Tod gleichen Blutes sind, wie behauptet wird, wenn *beide*, einer wie der andere, über das Leben herfallen, auch und gerade das menschliche, und es zu lähmen wissen, aber nur einer der beiden bereit ist, der Schlaf nämlich, sich mit einer Gruppe von Extremisten, Hardcore-Gewöhnlichen sozusagen, abzugeben, stellt sich unweigerlich die Frage, warum das so ist. Wie ist das zu erklären? Sprechen sich Schlaf und Tod nicht ab wie gute Geschwister und klären, wer wen ereilt, wer wen mit einschläfernder, wer wen mit eisiger Hand? Weiß der eine nicht, was der andere tut, haben sie sich entzweit etwa im Streit, ja sind sie am Ende gar nicht Kinder derselben Mutter und damit in ihrer Natur völlig verschieden? Oder sind sie ein und dasselbe, dasselbe Phänomen, zwei Zustände zwar, jedoch nur graduell voneinander verschieden, also ihre Intensität und Ausprägung betreffend, der eine gleichsam die Potenzierung des anderen oder dessen Atom?

Hat man es beim Schlaf nur mit einer Variante, einer Spielart, einer Facette des Todes zu tun und ist der Tod dann nichts als maximierter Schlaf, eine endlose Aneinanderreihung von Bewusstseinseintrübungen, begleitet jedoch durch den schaurigen Prozess körperlicher Zersetzung? Könnte man, ja könnte man, wenn man nur das Wagnis einginge, auf ewig kreischend gewöhnlich zu sein, gewöhnlicher als gewöhnlich, normal nicht bis auf die Knochen, sondern ins Mark, die Zeiten überdauern, über Larven und Käfer triumphieren und wie rasend über sie lachen, niemals sterben dann um den Preis dümmster Eintönigkeit? Ist der Planet vielleicht überbevölkert mit solchen, die diese Wahl schon vor Urzeiten getroffen haben und die einfach nicht aufhören zu sein, die einst ihren Willen bezeugten zu unbedingter Mittelmäßigkeit und die seither dahinfließen und lachen und arbeiten und fressen im Strom ihrer eigenen Bedeutungslosigkeit?

Ist andersherum der Tod vielleicht Belohnung und Anerkennung für Außergewöhnlichkeit? Gesetzt den Fall, so wäre zumindest geklärt, warum Kettensprenger und Berserker des Neuen so traumwandlerisch den Tod suchen und finden oder warum behauptet wird, Menschen, deren Grausamkeit beispiellos sei, einzigartig, ihn, den Tod, hundertfach, ja tausendfach verdienten. Doch welche Rolle spielt der Schlaf bei diesen? In welchem Verhältnis steht er zu ihrem Tod? Märtyrer und Überwinder schlafen und sterben nachgewiesen oft schlecht, Unterjocher hingegen wie Engel.

Der Schlaf ist, wie der Tod, ein Rätsel.

Hanko-Nights

Wilde nächtliche Stadt mit orientalischen Giebeln und unaussprechlichen Gedanken, vor der sich in kurzen, schweren Sommern glühender Ozean entfacht! Hier klirrt das Herz und verdampfen die Träume. An dieser Ecke, halb verdeckt nur, wird küssend in Ohren gelogen, an jener stumm, schwer und warm in Schenkel entleert. Schwüre schwellen, schwelgen, schwären, bersten fast und schweben leicht und uneingelöst in frech-süße Luft. Bei den Wellen unten liegen alte Trinker, Recken aus vergessenen Sagen, einer halb tot zwischen Dreck, Tang und Freunden, einer von ihnen gibt ein Zeichen und sie brechen auf, jetzt, sofort, zur Zielgeraden ihres Rausches, zu Ohnmacht und Finale, zum Höhepunkt aller taumelnden, sehnenden Süchte, aller doppelt und dreifach destillierten Tunnelreisen Ende, nehmen die Flasche des halb Toten und grunzen wie Frischlinge in den kühlen Rest des sich aufbauenden Morgens.

Im Klippenwald, grün und tief wie kaum einer, rauscht Atem und Puls, Sträucher zittern und ächzen wie Straßenopfer in Gräben, glänzende, schneeweiße Leiber rollen ans Licht, über tagwarmen, siedenden Fels, krümmen sich, feuern sich an und zucken, machen ein Ende und ziehen sich an.

Der Tag hat den Thron bestiegen, doch nichts unterscheidet ihn von der Nacht, die vor ihm dort saß, die Nacht ist tot, es lebe die Nacht, der Tag ist tot, es lebe der Tag. Nächte und Tage steigen aus dem Ozean und herrschen auf ihrem Zenit wie Pharaonen über Wüsten und Himmelsmeere, ihre Bläue, ihre Schwere ist ein und dasselbe, sie unterscheiden sich so wenig voneinander wie der Jäger in einer Nahrungskette von seiner Beute, die wiederum Jäger einer anderen Beute ist und die einer weiteren und immer und ewig so fort.

Unter dieser gleichförmigen, schmerzend dahinziehenden, summenden, nie, nie, nie erlahmenden Helle fällt nichts in den Schlaf, stürzt nichts in Vergessen, träumt nichts ohne nicht dazu auserkoren zu sein. Ernannt ist – denn die Diktatur des Sommers kennt keine Wahl –, ernannt ist, wer nur lang genug wartet und die Reise aus tropennassem, fruchtlosem Wälzen auf Decken und mühsamem Hin- und Herrollen nicht scheut, wer durch das Zirpen hindurch, durch das Dröhnen der Sonne die Kälte erkennt. Der, nur der, beamteter, begnadeter, rastloser Schläfer, findet dann eine alte Truhe im Gewölbe seiner Träume und in ihr freundliche Schatten, die er sich überziehen kann wie ein regennasses Kleid, bläulich-sternklare Nacht, die er sich schützend bis zum Kinn heranwerfen kann, damit sie dem gelb blühenden Unhold draußen, dem solarischen Monster, die funkelnden Strahlen zerbricht.

Solche Sommer, solche Feuer sind jedoch selten und trauen sich nur einmal in hundert Jahren sengend in die Welt. Und das ist auch gut so, ist man versucht, sich zu sagen, denn was sollte ein Mensch oder sein Leben einer solchen Flut entgegensetzen, käme sie jedes Jahr? Wer wäre stark genug, ihr zu trotzen? Wessen Herz, welcher Muskel würde nicht zerbrechen und zerbersten unter der goldenen Last nie enden wollenden Scheins?